LYON

ISBN 979-12-5957-204-2

Layout di copertina: Andrea Balconi

Progetto grafico interni e impaginazione:
Bebung, Milano

Per essere informato sulle novità
del Gruppo editoriale Mauri Spagnol visita:
www.illibraio.it

Gruppo editoriale Mauri Spagnol
Milano

www.magazzinisalani.it

LYON

Il libro dei mostri

Illustrazioni di Silvia Ballardini

MAGAZZINI SALANI

A tutti i bambini piace ascoltare storie inventate dagli adulti. A me, invece, piaceva cambiarle. Così, anziché dal lupo, Cappuccetto Rosso si ritrovava a essere mangiata da un polpo gigante con mille tentacoli. La Sirenetta aveva la coda di un castoro, e Pinocchio era fatto di ossidiana e divorava le persone.

Negli ultimi anni, questo curioso talento mi ha permesso di inventare mostri e storie nelle nostre avventure su YouTube. Oggi, ho deciso di metterlo alla prova per dare vita a un bestiario delle creature più strane e misteriose.

Come al solito, vi ricordo che non esiste storia che possa dirsi completa senza un lettore appassionato che la fa rivivere tra le pagine. Perciò ti ringrazio di cuore per aver scelto questo libro e sono certo che ti troverai immerso nelle mie storie in un baleno.

Se poi dovesse capitarti, avendone letta una prima di andare a dormire, di ritrovartici intrappolato nei sogni, ricorda che l'uscita è sempre in fondo a destra. Come il bagno.

Leon

INDICE

ORSETTO SENZA VOLTO

IDENTIKIT

- **Habitat:** vive nei vecchi negozi di oggetti usati.
- **Dieta:** si nutre del volto delle persone innocenti.
- **Aspetto:** è un vecchio orsetto di pezza, marrone e bianco, sporco e consumato. In alcuni punti gli manca il pelo, ma soprattutto si nota l'assenza degli occhi e della bocca.
- **Comportamento:** in qualche modo è in grado di risultare appetibile alle persone che lo vogliono comprare, mascherando le sue fattezze inquietanti con un sortilegio. Compiuto il suo scopo, riesce a tornare in un nuovo negozio di oggetti usati, da qualche parte nel mondo.
- **Origine:** probabilmente il mostro è nato quando un bambino cattivo ha portato via l'innocenza al tenero orsetto di pezza che era un tempo. Bisognerebbe stare attenti a come si trattano i giocattoli.

LEGGENDA

«L'uomo che mi ha venduto questo orsetto ha detto che una volta aveva una bellissima faccia, con due grandi occhi di vetro e un sorriso cucito con il filo bianco. Purtroppo, però, un giorno un bambino cattivo gli ha STRAPPATO VIA GLI OCCHI e il filo del sorriso, e l'orsetto è rimasto così».
Queste sono le ultime parole dell'ultima persona ad aver posseduto l'Orsetto Senza Volto. Si trattava di una mamma

della città di Roma, che lo aveva acquistato
da un robivecchi per la figlia di dodici anni.
Non si sa con certezza come si siano svolti i fatti, dopo che le ha consegnato il terribile regalo, ma nel giro di una settimana l'intera famiglia era scomparsa.
Al loro posto, in casa, restavano soltanto dei larghi sorrisi sovrastati da PICCOLI OCCHIETTI MALIGNI, marchiati a fuoco sulle pareti.
Si dice che la prima notte la bambina non volesse dormire con l'orsetto, come la mamma pensava avrebbe fatto, perché inquietata dal volto vuoto del giocattolo. Così lo avrebbe riposto su una mensola, di fronte al letto, rivolto verso il muro per non vederlo. Poi si sarebbe addormentata.
Sempre secondo le dicerie della gente, intorno a mezzanotte la bambina si sarebbe svegliata urlando.
Sarebbe corsa dalla mamma e le avrebbe riferito di aver visto, durante il sonno, un SORRISO FIAMMEGGIANTE e due occhietti cattivi immersi nel buio, che la fissavano ridendo in modo beffardo.
La mamma, si dice, andò subito a controllare nella stanza della piccola, ma non trovò niente fuori posto. La mandò quindi a dormire, dopo averle dato un abbraccio.
Al mattino, però, l'orrore più grande della sua vita l'aspettava sul tavolo della colazione. Quando la bambina arrivò per bere il latte con i cereali, la mamma si accorse con raccapriccio che sua figlia non aveva più il volto, non aveva la bocca né gli occhi. La povera piccola era arrivata a tentoni fino alla cucina, seguendo la voce

di sua madre. Non riusciva a mangiare, a bere né a vedere niente.

La donna iniziò a STRILLARE e a PIANGERE, e quando i vicini arrivarono sul posto a controllare, trovarono soltanto i marchi sorridenti sulle pareti.

Un soccorritore afferma convinto che, per un breve istante, è sicuro di aver visto il sorriso e gli occhi di una bambina su uno dei suoi giocattoli di pezza, un orsetto malandato.

TERRORE:
95/100

POTENZA:
78/100

LUOGO DI ORIGINE:

CAVALLO DELLA MORTE

IDENTIKIT

- **Habitat:** si dice che provenga direttamente dall'inferno.
- **Dieta:** si nutre di anime per tenere il mondo dei vivi e quello dei morti in equilibrio.
- **Aspetto:** appare come un teschio di cavallo evanescente. Sembra che assomigli a un vero e proprio cavallo demoniaco, con tanto di fiamme e fumo al posto dei crini, ma nessuno lo ha visto ed è rimasto vivo per raccontarlo.
- **Comportamento:** appare di fronte alle persone che dubitano della sua esistenza oppure a chiunque abbia raggiunto la sua ora. Non si sa come sceglie le sue prede, ma quando arriva non c'è modo di difendersi. La sola vista del suo corpo probabilmente è così sconcertante da uccidere la vittima sul colpo.
- **Origine:** si ritiene che la vita e la morte siano nate assieme, per dare equilibrio alle cose.

LEGGENDA

Dalla piccola finestra di una piccola casa su una piccola collina, dentro una smisurata foresta, ogni notte alle tre in punto si poteva sentire il rumore scalpitante degli zoccoli di un cavallo. A volte UN NITRITO SQUARCIAVA IL SILENZIO e lasciava il povero boscaiolo che abitava lì sgomento di paura. Quando il prete del villaggio vicino venne a benedire la sua abitazione, l'uomo gli raccontò tutto e finì per passare per pazzo.

«Io non possiedo cavalli, né mucche o buoi. Questo rumore viene direttamente dal demonio, glielo dico io, Padre».
Nonostante lo scetticismo del parroco, alla fine il boscaiolo riuscì a stringere un patto. Il prete avrebbe passato la notte in casa dell'uomo per accertarsi che l'evento non avesse natura demoniaca.
I due cenarono con le vivande del boscaiolo: formaggio e pane fresco di giornata. Poi il prete andò a dormire, sicuro di risvegliarsi al mattino con un niente di fatto.
Invece non si risvegliò più.
Il boscaiolo, che viveva da solo da quando la moglie era passata a miglior vita, raccontò che alle tre di notte, dopo il solito scalpitante fracasso, UN TESCHIO DI CAVALLO EVANESCENTE era comparso sopra la testa del prete addormentato e con un assordante nitrito gli aveva strappato l'anima dal corpo.
Il boscaiolo, che stava inerme nell'angolo opposto della stanza, aveva descritto una nube di fumo rarefatto che filtrava dai vestiti del religioso addormentato, per riempire gli occhi vuoti e il sorriso sinistro del teschio di cavallo.
Dopo poco, la creatura scomparve, lasciando dietro di sé un cadavere freddo come se fosse morto da molte ore. «Questo è il destriero della morte. La mia casa è la dimora del mietitore!» riferiva il boscaiolo, le poche volte che si recava al villaggio per vendere la legna o comprare viveri. Nessuno aveva il coraggio di manifestare scetticismo, perché la morte di un prete desta un certo timore reverenziale tra la popolazione.
Così col tempo la baita del boscaiolo divenne

un luogo proibito, a cui nessuno voleva avvicinarsi; e quando egli si ammalò, il dottore si rifiutò di andare a visitarlo. Probabilmente i suoi resti riposano ancora sul letto, e magari il mostro che in vita lo ha perseguitato oggi lo accompagna attraverso i cancelli dell'inferno.

TERRORE:
80/100

POTENZA:
97/100

LUOGO DI ORIGINE:

UN TOPO NEL MURO

IDENTIKIT

- **Habitat:** vive nelle pareti delle abitazioni.
- **Dieta:** sembra che tragga nutrimento dalla sofferenza e dalle ossessioni del padrone di casa.
- **Aspetto:** appare di rado, ma quando lo fa ha le sembianze di un topolino nero pece.
- **Comportamento:** si nasconde nelle fondamenta delle case che sceglie come dimora. Si insinua dentro le pareti e ossessiona il padrone con la sua influenza demoniaca. In un anno esatto riesce a renderlo completamente folle.
- **Origine:** dietro l'aspetto di un semplice topo nero si nasconde molto di più. Forse un demone proveniente dall'inferno, o magari il frutto di uno strano sortilegio. Non abbiamo informazioni certe.

LEGGENDA

Nelle vecchie case capita spesso di sentire qualcosa muoversi dentro le pareti. Si pensa sempre che sia un topo, e i più intraprendenti cospargono il pavimento di trappole nella speranza di acchiapparlo. Certo, nessuno si aspetterebbe che nei muri di una vecchia casa possa vivere QUALCOSA DI MOLTO PIÙ TERRIFICANTE. Eppure è accaduto proprio questo, nella villa del sindaco di un vecchio paesino fra le montagne italiane.

Tutte le notti, puntualmente, qualcosa sembrava CORRERE NELLE PARETI SENZA SOSTA, svegliando l'uomo di soprassalto. Il sindaco viveva con la moglie, e la sua prima reazione fu chiederle: «Cara, hai sentito anche tu?» Ma lei non aveva sentito niente, e non sentì niente nessuna delle centinaia di notti in cui l'uomo le fece la stessa domanda. Quei rumori erano forse nella sua testa? Eppure li sentiva così reali da far vibrare le pareti.

Nelle prime settimane l'uomo fece quello che avremmo fatto tutti: riempì la casa di trappole, ma non servì. Comprò persino un gatto al quale dava poco da mangiare apposta perché cercasse di cacciare i presunti topi. Non servì nemmeno questo.

Passarono le settimane, tra goffi tentativi di stanare le bestie. Passarono i mesi, e l'uomo rimase solo. La moglie scappò di casa quando una notte il marito la svegliò sfondando le pareti con un pesante martello da muratore, urlando come un pazzo. Passò un anno esatto, e l'uomo decise che, con l'ultimo barlume di sanità mentale che gli era rimasto, avrebbe eliminato il problema.

Così DIEDE FUOCO ALLA CASA. Cosparse ogni stanza di benzina e accese una candela. La poggiò dentro un bicchiere anch'esso colmo di benzina per dare avvio al rogo. Poi si sedette a fissarla, ipnotizzato dal pensiero di ciò che sarebbe successo. Sapeva di dover scappare, ma non ci riusciva. Pochi istanti prima che la candela accendesse la benzina, gli occhi del pover'uomo si sollevarono e sulla parete videro centinaia di sagome di ratti che correvano, gonfiando l'intonaco e aggrovigliandosi in una nuvola, come un cuscino pieno di bestie che si agitavano per uscire. Poi bruciò tutto, lui compreso. I soccorritori raccontarono che più cercavano di spegnere il fuoco più il rogo si alimentava, e finché la casa non fu completamente rasa al suolo non fu possibile domarlo. NON TROVARONO RESTI, né dell'uomo né della moltitudine di topi, ma un bambino raccontò alla mamma di aver visto un topolino nero come il carbone correre fuori dalle macerie e infilarsi nelle fondamenta della casa accanto.

TERRORE:
94/100

POTENZA:
87/100

LUOGO DI ORIGINE:

LO SCHELETRO DEL RE CORROTTO

IDENTIKIT

- × **Habitat:** vive in una vecchia bara sepolta.
- × **Dieta:** non ha bisogno di mangiare, ma causa nelle sue vittime una fame insaziabile.
- × **Aspetto:** un teschio con due grossi rubini al posto degli occhi. Quando sceglie una vittima riesce ad apparirle con il suo volto umano, ma nessuno ha mai potuto descriverlo.
- × **Comportamento:** si dice spesso che disturbare i morti sia fonte di grande sventura. Nelle leggende c'è sempre un fondo di verità.
- × **Origine:** sembra che sia un antico re, caduto in rovina per la sua vita di perdizione. La sua maledizione continua a imperare anche dopo la morte.

LEGGENDA

«Non è un lavoro divertente, ma certamente è necessario. Non prendermi in giro perché potrei essere io l'ultima persona a scorgere i tuoi lineamenti, per l'eternità». Gustavo era un tipo serio, FACEVA IL BECCHINO. In paese lo salutavano sempre con dei gesti scaramantici che, a essere sinceri, gli davano davvero fastidio. Lui non replicava mai. Non voleva litigare e in fondo pensava che chi lavora con i morti non dovesse interessarsi troppo alle sciocchezze dei viventi.

Non beveva mai alcolici e raramente usciva dalla sua casa in periferia, se non per lavorare.
Un giorno, mentre seppelliva l'ultimo morto della giornata al cimitero, gli capitò di toccare qualcosa di duro con la pala. Diede due colpi e sentì un rumore sordo. Così si calò nella fossa e scoprì che sotto diversi metri di terra c'era già una bara, sepolta lì da chissà quanto tempo. Non era infrequente che una buca fosse precedentemente occupata, ma siccome questa cassa era molto vecchia decise di dissotterrarla per fare posto a quella nuova, come da prassi nell'affollato cimitero di quella città.
La bara era di pregiata qualità, riccamente decorata, e nonostante il tempo trascorso erano ancora visibili dei bellissimi dettagli dorati. Gustavo finì di dissotterrarla ormai a notte fonda, e prima di smaltirla terminò il lavoro, seppellendo il nuovo feretro. Poi andò a casa, lasciando il resto al giorno dopo.
Quando tornò, al mattino, la cassa era aperta e i resti dello scheletro erano stati profanati. Gustavo vide un bellissimo mantello rosso, ormai consumato dal tempo, che avvolgeva le povere ossa di quello che doveva essere stato un re o un nobile, forse caduto in rovina prima di morire e pertanto relegato al cimitero comune. Tra le ossa, però, il becchino notò che MANCAVA LA TESTA. Tuttavia non diede troppo peso alla faccenda e si liberò della bara come era solito fare, portandola al forno crematorio.
Trascorsero i mesi e un giorno si diffuse la notizia che, nello scantinato di un noto ricettatore cittadino, era

stata ritrovata una bellissima corona d'oro dal valore inestimabile. Gustavo pensò subito alla bara rinvenuta tempo prima. Gli raccontarono anche che, assieme alla corona, era stato trovato un teschio con DUE GROSSI RUBINI AL POSTO DEGLI OCCHI. Una vera meraviglia, spuntata fuori per caso, in seguito a un brutto incidente avvenuto nella casa del malfattore. Pare che da alcuni mesi l'uomo fosse impazzito e si rifiutasse di uscire. Un giorno, forse in preda alla fame, si dice che avesse iniziato a mangiare i suoi stessi arti, fino a perdere i sensi per il sanguinamento e morire. Il terribile odore della decomposizione avrebbe attirato i vicini e innescato il ritrovamento della corona e del teschio ingioiellato.

'Una storia davvero raccapricciante' pensò Gustavo, stringendo dietro la schiena i pugni in segno di malcelata soddisfazione. Non si scherza con i defunti!

TERRORE:
89/100

POTENZA:
77/100

LUOGO DI ORIGINE:

IL VERME DIVORATORE

IDENTIKIT

- **Habitat:** vive nelle profondità della terra.
- **Dieta:** si nutre di carbone e altre sostanze minerali.
- **Aspetto:** assomiglia a un gigantesco verme, dotato di molte file di enormi denti disposti a cerchio sulla sua estremità frontale.
- **Comportamento:** divora la roccia come fosse burro; è capace di scavare a grande velocità ed è richiamato dalle vibrazioni sotterranee, come quelle emesse dai minatori.
- **Origine:** ci sono molte cose che non conosciamo del nostro pianeta. Le profondità degli oceani restano un mistero, e così quelle della terra.

LEGGENDA

Da queste parti, durante le poche ore libere che hanno a disposizione, i minatori sono soliti raccontarsi storie paurose. Come se addentrarsi nelle profondità della terra non fosse già abbastanza terrificante. Uno dei racconti più diffusi è quello del VERME DIVORATORE. Come spesso accade, è una storia che acquisisce nuovi dettagli ogni volta che viene raccontata, divenendo sempre più inquietante.
Va detto, però, che un dettaglio rimane inalterato in ogni versione: tutti sostengono che sia una storia vera.

Jacob era il capo del suo gruppo di lavoro. Era impegnato da mesi in una piccola miniera di carbone. Il giacimento si trovava molto in profondità e per raggiungerlo era necessario scendere nel sottosuolo con un vecchio ascensore a carrucole. La discesa durava svariati minuti. Jacob non aveva paura di niente, era un uomo di mezza età, senza famiglia. Lavorava per potersi mantenere e per togliersi qualche sfizio la notte, al bar del paese. Quella sera, però, aveva deciso di fermarsi a lavorare più a lungo, perché voleva terminare un nuovo tunnel. Gli avevano promesso un premio in denaro in cambio di questo incarico straordinario e lui non voleva perderlo. A un certo punto, mentre picconava la parete, **SENTÌ UN RUMORE DI TRIVELLE**, come se qualcun altro stesse lavorando insieme a lui. Si fermò ad ascoltare. Il rumore era lontano. Poggiò l'orecchio sulla parete che stava scavando. Il rumore si fece frastuono. Sembrava di ascoltare un gigante che frantumava le pietre con i suoi enormi pugni.
A un tratto la parete di fronte a Jacob iniziò a tremare. Lui si fece indietro, pensando a un cedimento. Quando il tremore si fece più forte e il soffitto della galleria iniziò a franare, decise di scappare verso l'uscita e nascondersi in un corridoio più stabile.
Passò i minuti più lunghi della sua vita a coprirsi la testa aspettando il crollo. Pensò che non sarebbe più uscito da quella maledetta miniera e che sarebbe dovuto essere al bar, come tutte le altre notti. Pensò anche che sarebbe stato più bello morire sotto le macerie se insieme a lui ci fosse stato quell'infame di Mark, che

ogni volta aveva da ridire su come lavorava… e una volta si erano dati anche due cazzotti.
A un tratto però le pareti smisero di tremare. Jacob fece per scappare azionando le carrucole dell'ascensore, fino a che non sentì un forte ululato, come un ruggito roboante che echeggiò per tutte le gallerie.
Poi di nuovo il silenzio. Jacob decise che una storia del genere sarebbe stata perfetta per conquistare la barista la notte successiva, così andò a investigare. Arrivato nella stanza dove stava scavando non trovò più la sua parete: al suo posto C'ERA UN'ENORME GALLERIA MAI VISTA PRIMA, che si estendeva a destra e a sinistra del buco. Una sostanza gelatinosa e molto calda cospargeva tutto quell'infinito corridoio. Jacob era terrorizzato, ma non voleva andarsene, finché un nuovo ululato non lo convinse a tagliare la corda. Il giorno successivo provò a spiegare ciò che aveva visto, ma nessuno gli credette, e i suoi colleghi stabilirono che la galleria era soltanto una grossa grotta naturale. Jacob, però, odiava passare per bugiardo, così decise di percorrerla per stanare quello che lui credeva essere un gigantesco mostro scavatore. Non tornò più a raccontare che cosa lo uccise.

TERRORE:
76/100

POTENZA:
91/100

LUOGO DI ORIGINE:

LA SIRENA ANNEGATA

IDENTIKIT

- **Habitat:** vive su uno scoglio in mezzo al mare.
- **Dieta:** rapisce uomini vivi per divorarli.
- **Aspetto:** si presenta come una donna dal viso misteriosamente nascosto. Se ci si avvicina, però, rivela le sue vere sembianze, quelle di un cadavere annegato e marcescente.
- **Comportamento:** riesce a ipnotizzare gli uomini per condurli al suo scoglio, poi li affoga trascinandoli in fondo al mare.
- **Origine:** una volta era una bellissima donna, annegata tragicamente e divenuta un mostro vendicativo.

LEGGENDA

Luca era un ottimo nuotatore. Viveva in un paesino della Sardegna e fin da bambino si divertiva a raccogliere i ricci di mare sulle scogliere. Per questo, quando venne ritrovato senza vita sulla battigia, tutti quelli che lo conoscevano non credettero che potesse trattarsi di un annegamento. E poi Luca fu ritrovato di mattina: non sarebbe mai andato a nuotare al largo di notte, se qualcuno o qualcosa non lo avesse costretto!

Per volere dei genitori FU DISPOSTA L'AUTOPSIA, ma non venne fuori niente di strano. Luca era semplicemente annegato, forse per un malore, mentre nuotava in mare.
Nelle settimane successive al funerale, i genitori trovarono alcuni disegni mai visti prima in camera sua. Disegni che ritraevano una misteriosa figura seduta su uno scoglio in mezzo al mare. Forse una donna, con il viso sempre in ombra o celato da lunghi capelli. Nessun membro della famiglia ci diede troppo peso, anche se il fatto che i disegni fossero realizzati al carboncino e avessero tratti stranamente inquietanti destò qualche preoccupazione nel padre di Luca. L'uomo, infatti, si convinse che negli ultimi mesi della sua vita il figlio avesse sofferto di depressione. Passò del tempo, e nessuno volle più entrare nella stanza di Luca. Il ricordo di quel ragazzo andato via troppo presto era insopportabile. Finché un giorno la mamma di Luca non si convinse a rassettare la camera. Scoprì così che i disegni di quello strano scoglio erano centinaia. Luca sembrava aver sviluppato una vera e propria ossessione.
La donna volle vederci chiaro, così insistette perché il marito andasse in cerca dello scoglio. L'uomo partì a mezzogiorno del giorno successivo, con un mare calmo come una tavola. Non fece ritorno per due giorni, tanto che la donna, disperata, credette di essere rimasta da sola. Quando ormai si era consumata le ginocchia a forza di aspettarlo a riva, il marito tornò, stremato e infreddolito.

Una volta rientrato a casa riuscì finalmente a parlare e raccontò di UNA DONNA MISTERIOSA, seduta su uno scoglio. Era bellissima, ma non riusciva a descrivere il volto. Non seppe spiegare perché si avvicinò a lei, ma quando si rese conto del suo errore era troppo tardi. Il mostro gli apparve in tutte le sue TERRIFICANTI SEMBIANZE. Non era una donna, ma un cadavere annegato da molto tempo, con la pelle putrefatta e vermi intrecciati tra i capelli.
Durante il racconto l'uomo scoppiò a piangere.
Riferì che la donna annegata aveva cercato di afferrarlo e trascinarlo sott'acqua, con una forza incredibile.
L'uomo non sarebbe mai scampato al suo freddo abbraccio, se non fosse stato per un'onda che li aveva sbattuti contro il famigerato scoglio, permettendogli di scappare a nuoto. Della sua barca non c'era più traccia.
Nei mesi successivi l'uomo sviluppò una ferale ossessione per quella donna, e mentre parlava di lei divenne sempre più appassionato, quasi come se si trattasse della sua innamorata.
La moglie capì che quel mostro l'aveva stregato e che prima o poi l'avrebbe portato via da lei, era solo questione di tempo...

TERRORE:
96/100

POTENZA:
87/100

LUOGO DI ORIGINE:

IL DONO DELLA STREGA

IDENTIKIT

- **Habitat:** si dice che a un bambino su un milione venga concesso un dono maledetto (dipende dai punti di vista!).
- **Dieta:** il dono si nutre del sentimento più potente che l'animo umano possa provare, l'odio smisurato e travolgente.
- **Aspetto:** non dissimile da quello di un comune essere umano. La persona che ha ricevuto il dono non si può distinguere e, se è furba, non darà mai a vedere l'entità del suo potere.
- **Comportamento:** chi viene investito di questo misterioso potere non è una persona cattiva, ma compie azioni cattive trascinato da un inebriante senso di onnipotenza.
- **Origine:** molte cose esistono da sempre e non hanno un'origine ben precisa. Non conosciamo in modo esaustivo ogni aspetto della natura umana e non c'è da stupirsi che alcuni di noi siano molto, molto diversi dalla massa.

LEGGENDA

Azzurra aveva ventun anni quando scoprì di essere dotata di UNO STRANO POTERE. Solo lei era capace di influenzare la vita delle persone che odiava in modo tanto efficace e negativo, senza interagire direttamente con loro.

Se voleva che la sua professoressa non venisse a scuola,

le bastava desiderarlo intensamente perché le capitasse qualche piccola sciagura che le impediva di arrivare.
Azzurra non era una ragazza cattiva, così quando si rese conto della pericolosità di quel potere decise di impegnarsi per non usarlo mai.
Passarono molti anni e lei quasi dimenticò il dono maledetto che aveva a disposizione, finché un giorno il suo principe azzurro si rivelò essere un rospo malefico e le spezzò il cuore, tradendola e umiliandola davanti a tutti i loro amici.
Azzurra pianse per settimane, come facciamo tutti dopo una delusione tanto cocente. Poi però iniziò a farsi strada nella sua mente l'antico ricordo del suo potere e il pensiero di che cosa avrebbe potuto fare per farla pagare al suo rospo velenoso.
Dopo l'ennesima notte insonne cedette e decise di attuare il suo piano. Prese una bambola per visualizzare meglio la vittima del suo sortilegio, ci spillò sopra la sua foto e iniziò a concentrarsi.
Voleva che l'uomo avesse un piccolo incidente, che si rompesse una gamba magari, ma niente di più. Azzurra non era un'assassina e per quanto fosse arrabbiata non avrebbe mai perso il lume della ragione causando una tragedia.
Tuttavia, NON SEMPRE LE COSE VANNO COME CI ASPETTIAMO, e l'odio che la ragazza provava era davvero potente. Non importava che lei in fondo lo amasse ancora profondamente, perché la stregoneria traeva forza dal solo lato oscuro del suo cuore.

La sera stessa il rospo morì travolto da un'auto. Fu un incidente talmente violento che i passanti scapparono terrorizzati e passarono diversi minuti prima che qualcuno riuscisse ad avere la lucidità per chiamare i soccorsi. Non c'era molto da soccorrere purtroppo. Il rospo era ridotto in poltiglia.

Quando Azzurra scoprì l'entità del danno che aveva causato, non riuscì a sopportare il peso della colpa. Così si tolse la vita, gettandosi nel fiume dal ponticello sul quale spesso si incontrava con il suo ragazzo, prima che diventasse un rospo velenoso, prima che venisse schiacciato dal suo odio.

TERRORE:
69/100

POTENZA:
94/100

LUOGO DI ORIGINE:
?

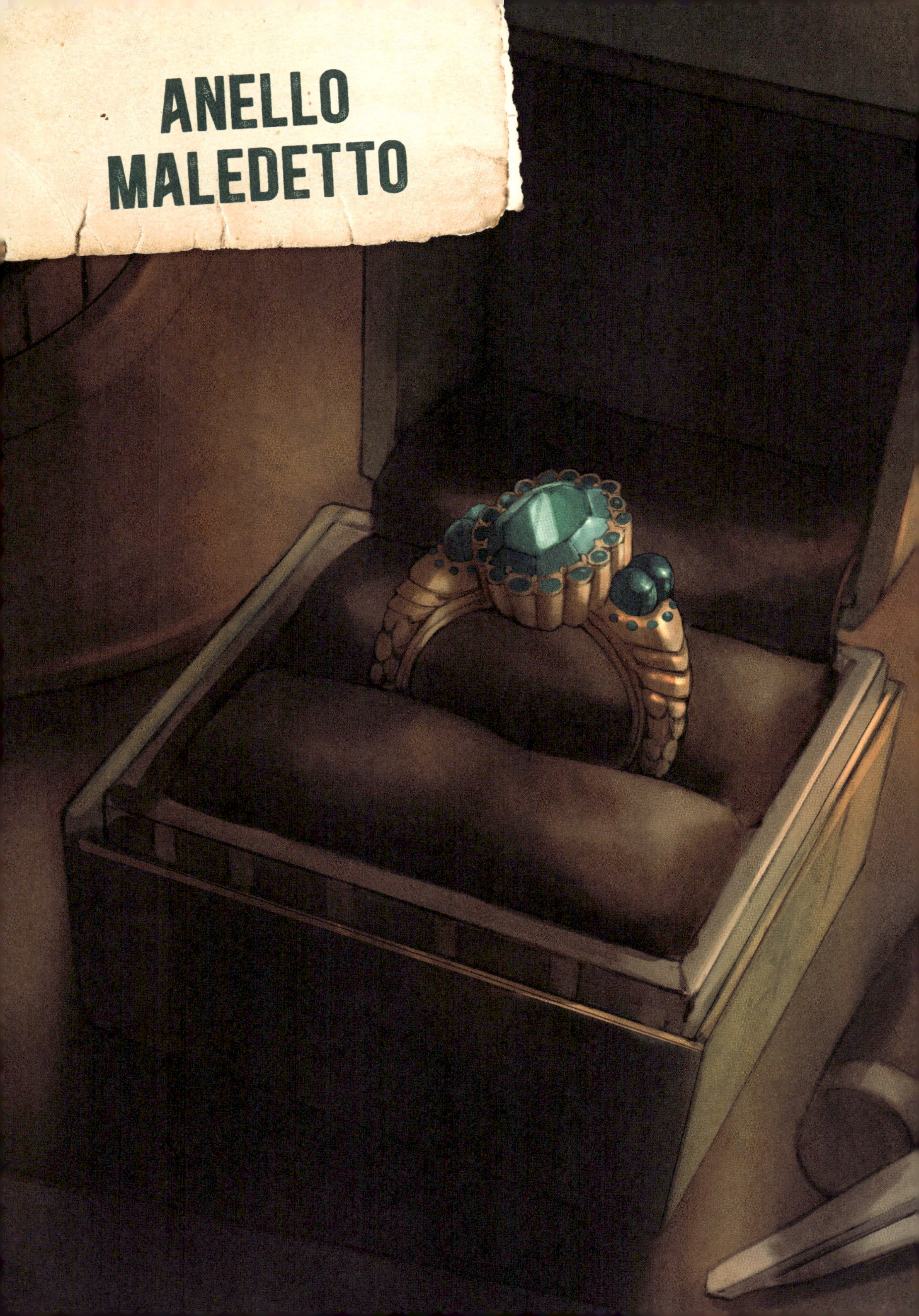
ANELLO
MALEDETTO

IDENTIKIT

- **Habitat:** si localizza in India, nella bottega di un vecchio antiquario.
- **Dieta:** la maledizione colpisce chiunque sia così sfortunato da ricevere in regalo questo terribile artefatto.
- **Aspetto:** è un meraviglioso anello d'oro adornato da gemme preziose. Il suo fascino, però, va oltre e gli conferisce un'aura magica capace di attrarre chi lo guarda.
- **Comportamento:** in pochi minuti, dopo aver calzato l'anello maledetto, la vittima viene tramutata integralmente in oro.
- **Origine:** con ogni probabilità si tratta di un antichissimo oggetto maledetto da uno stregone. Quello che è certo è che da solo non riuscirebbe ad arrivare tra le mani delle sue vittime, perciò anche l'antiquario che lo smercia deve essere parte dell'entità maligna.

LEGGENDA

«Questo anello porta con sé una terribile maledizione».

'Sono le solite frasi che dicono gli antiquari per catturare l'attenzione dei clienti' pensò Marco. 'E poi si sa che alla gente piacciono le cose maledette'. Il ragazzo era in vacanza in India quando comprò UN ANELLO D'ORO con incastonata una bella gemma verde. Forse uno smeraldo. Lo pagò spaventosamente poco,

visto il peso dell'oggetto. Marco era sicuro che l'anello si sarebbe rivelato falso, ma dato quello che aveva speso per portarselo a casa ne valeva comunque la pena, era un gioiello carino con una storia interessante da raccontare.
Quando lo portò da un suo amico orafo, rimase stupito nello scoprire che non solo si trattava di vero oro, ma che anche lo smeraldo era autentico. Insomma, aveva fatto un affare! Quanto alla maledizione, Marco se ne dimenticò presto e ripose l'anello tra i suoi tesori più cari.
Anni dopo, il giovane si fidanzò con una bellissima ragazza e decise di usare il gioiello come anello di fidanzamento. Avrebbe fatto colpo, pensò.
Fece colpo di sicuro, ma non sulla sua bella: trasformata in una statua d'oro massiccio non poteva certo provare alcuna sensazione.
Appena Marco le infilò l'anello al dito, infatti, lei si immobilizzò, come paralizzata da un veleno potentissimo. Poi la sua pelle iniziò a diventare lucente e dorata. Anche i suoi vestiti si trasformarono in oro, e il giovane passò dall'avere il cuore ricolmo d'amore ad averlo carico di cupidigia.
Ci volle poco perché lo stupore iniziale venisse soppiantato dall'umano desiderio di arricchirsi sopra la disgrazia appena accaduta. Due giorni bastarono perché il buon Marco si convincesse a prendere in prestito un seghetto per tagliare il metallo e iniziasse a fare a pezzi la statua. Cominciò dalle pieghe dei vestiti e scoprì che il valore dell'oro massiccio era alle

stelle. Venderlo tutto gli avrebbe cambiato la vita.

Così iniziò a tagliare le dita della ragazza, poi le braccia. La sua vita migliorava ogni giorno di più. Ville di lusso, auto, barche… quel manichino mutilato gli aveva permesso di diventare un uomo di successo. Quando qualcuno lo vedeva, nascosto in uno stanzino della sua splendida casa, Marco inventava una scusa per tagliare corto e chiudere il discorso.

Diceva, per esempio, che era un'opera d'arte ricercata che era riuscito a comprare all'asta.

LUI SOLO CONOSCEVA LA VERA NATURA DI QUELL'OGGETTO. Sapeva che una volta era stato la donna che amava e che tutta la ricchezza che possedeva era frutto di un gesto orribile, dettato dall'avidità.

Ma questa non è una favola, e la bella ragazza non si salvò per miracolo. Marco restò ricco e morì con questa colpa sulla coscienza.

TERRORE:
63/100

POTENZA:
85/100

LUOGO DI ORIGINE:

LA STRADA PER IL CIMITERO

IDENTIKIT

- **Habitat:** si situa nel profondo della foresta brasiliana.
- **Dieta:** uccide i guidatori che la percorrono durante la notte.
- **Aspetto:** nessuno ha visto questa entità da vicino, ma si dice appaia come un treno che si avvicina in lontananza, con tanto di sferragliamento.
- **Comportamento:** con ogni probabilità è la foresta che si ribella alla distruzione portata dagli esseri umani, con le loro strade e le loro vetture inquinanti. Perciò uccide, ma risparmia le creazioni metalliche, che non hanno colpa dell'uso che ne fa l'uomo.
- **Origine:** i locali credono che questa entità sia nata quando un ricco magnate costruì una segheria nel folto della foresta. La strada doveva servire come collegamento fino alla città vicina, ma la foresta non ne fu affatto contenta.

LEGGENDA

Esiste una strada, in Brasile, che attraversa un lungo tratto di foresta. La descrivono come un nastro d'asfalto malandato, percorribile soltanto con un veicolo attrezzato per andare fuoristrada. I locali la chiamano 'LA STRADA PER IL CIMITERO'. Si racconta, infatti, che lungo le sue corsie moltissimi turisti vengano ritrovati morti a bordo delle loro vetture, con ferite simili a quelle che avrebbero riportato in seguito a un brutale incidente.

I loro mezzi di trasporto, invece, restano intatti.
Nel villaggio più vicino c'è un vecchio che racconta
spesso di com'è sopravvissuto lungo la Strada
per il Cimitero. Dice che la stava percorrendo di notte,
obbligato dalla necessità di raggiungere la madre.
«Avevo sonno ma guidavo sicuro, non avevo mai fatto
un incidente con il mio furgoncino in quarant'anni
di guida».
All'improvviso il fischio di un treno. Non passano
treni da quelle parti, non ci sono ferrovie
nel raggio di centinaia di chilometri.
«Era come se di fronte a me corresse una locomotiva,
con tanto di fumo e due grossi fanali luminosi
in lontananza. Il rumore del treno era fortissimo.
Tutto deve essere durato non più di trenta
secondi, ma feci in tempo a chiedermi se stessi sognando
e come fosse possibile che un convoglio attraversasse
una strada asfaltata in mezzo alla foresta».
A un tratto uno scossone fortissimo, poi più nulla.
Il vecchio narra di come le donne del villaggio
lo avessero soccorso la mattina dopo, mentre andavano
ad attingere l'acqua dal pozzo vicino. IL SUO AMATO
FURGONCINO ERA INTATTO, MA LUI ERA RIDOTTO
MALISSIMO.
Lo portarono all'ospedale solo perché era molto amato
da tutti, altrimenti lo avrebbero dato per morto, viste
le condizioni disperate in cui versava.
«Contro tutte le aspettative mi salvai, e oggi posso
raccontare questa storia, per cercare di impedire a quante
più persone possibile di guidare lungo quella strada».

Nessuno sa spiegarsi che cosa sia quel treno fantasma, ma ci sono sempre più persone convinte che sia la foresta che si ribella all'invasione dell'uomo, con la sua sporca e puzzolente tecnologia.

TERRORE:
92/100

POTENZA:
97/100

LUOGO DI ORIGINE:

MAMMA
RAGNO

IDENTIKIT

- **Habitat:** dimora in una villa antica, nella campagna londinese.
- **Dieta:** non mangia prede umane, uccide soltanto se disturbata.
- **Aspetto:** la coscienza di questa entità mostruosa risiede nella Mamma Ragno, un esemplare particolarmente grande e sviluppato, che controlla tutti gli altri.
- **Comportamento:** spesso si tende a considerare i ragni come parassiti fastidiosi e a distruggerne il nido senza pietà. La Mamma Ragno ha intenzione di vendicarsi.
- **Origine:** non si sa da dove provenga questo mostro, forse è sempre esistito, come qualsiasi altra specie di ragno. Grazie alla sua intelligenza estremamente sviluppata è stato capace di nascondersi dagli uomini.

LEGGENDA

'TOM NON VUOLE ESSERE DISTURBATO'. Era questo che diceva il cartello sopra il cancello della casa di Tom, il boscaiolo. ERA UN TIPO STRANO, forse troppo. Viveva fuori Londra, nell'Ottocento o giù di lì. La villa dove abitava l'aveva ereditata da sua madre, una ricca proprietaria terriera del luogo. Tom non era interessato alla vita altolocata e non ne sarebbe comunque stato all'altezza, per gli standard dell'epoca. Infatti, era molto burbero e poco sveglio.
Pochi anni dopo la morte della madre, aveva già perso

quasi tutta l'eredità, tra parenti lontani che gli chiedevano prestiti a fondo perduto, il gioco nelle bische clandestine e qualche altro vizietto.
Così decise di chiudersi in casa, almeno non avrebbe potuto perdere altri soldi.
La villa era costruita su tre piani, la soffitta però era chiusa da anni, probabilmente perché il tetto perdeva ed era inutilizzabile. Quando Tom morì e i suoi parenti ne presero possesso, fu un'impresa ripulire quella parte della casa, soprattutto per via di un grosso nido di ragni nascosto dietro una trave del tetto.
Alla fine fu John, il cugino di Tom, capofamiglia con una moglie e due figlie, a dar fuoco al nido e finire il lavoro.
John e i suoi vissero in quella casa per diversi anni, in tutta tranquillità. Nessuno andava mai in soffitta, perché non c'erano i soldi per riparare il tetto, era un grosso lavoro.
Un giorno, però, giocando a nascondino, una delle figlie decise di tirar giù la scala che portava in alto e aprire la porta, convinta che lì sopra nessuno l'avrebbe mai cercata.
Appena tirò giù la botola che separava il sottotetto dal resto della casa, fu investita da UN'ORRIBILE VALANGA DI RAGNI NERI. Erano talmente tanti che formavano una massa densa come la crusca d'avena, e si agitavano, si muovevano e l'avvolgevano. La piccola Emma non riusciva a respirare né a rendersi conto di che cosa stesse succedendo, non riusciva nemmeno a raccogliere il fiato per urlare. La pioggia di creature

non accennava a diminuire, come se nella soffitta i ragni si fossero ammassati in tutto lo spazio disponibile e ora stessero schizzando fuori dall'unica apertura. L'orrida scena durò diversi minuti, fatti di silenzio e di orrore, durante i quali la piccola restò senza fiato. Morì così, asfissiata da un torrente di ragni.

Quando fu trovata dal padre, mezz'ora dopo, non c'era più traccia di quell'onda raccapricciante. Neanche un ragnetto solitario. La famiglia pensò che la piccola fosse stata colpita da un malore improvviso, o che fosse caduta dalla scala.

L'incidente non si ripeté. John aveva preso i figli della Mamma Ragno, e la Mamma Ragno aveva preso la figlia di John. Occhio per occhio, dente per dente, e i ragni hanno tanti occhi.

TERRORE:
67/100

POTENZA:
81/100

LUOGO DI ORIGINE:

BARATTOLO MOSTRUOSO

IDENTIKIT

- **Habitat:** si dice che viva sotto terra, nelle fogne.
- **Dieta:** quando ha fame e vuole crescere, avvolge e digerisce vittime innocenti.
- **Aspetto:** è una grossa melma viola, quasi trasparente e viscida al tatto. Si ritiene che sia estremamente densa, come le sabbie mobili.
- **Comportamento:** non ha una mente senziente, l'unica cosa che desidera è accrescere la sua massa divorando altri uomini.
- **Origine:** era l'esperimento di un bambino. Lo aveva chiamato 'Barattolo Mostruoso n° 6'. Non si sa di che materiali fosse composto in origine.

LEGGENDA

In fondo a una stradina fuori città, c'era una bella casa con i muri bianchi. Aveva un grazioso patio con tante piante rigogliose. Dall'altro lato dell'abitazione, però, c'era una finestrella che dava sul seminterrato. Era piccola e sporca di schizzi di fango, completamente oscurata dall'interno con un sacco della spazzatura nero. Oltre quel vetro c'era un BAMBINO CHE AMAVA GIOCARE A FARE LE POZIONI, con i profumi della mamma, il sapone e qualsiasi altra cosa potesse trovare. Adorava mescolare liquidi diversi e vedere i colori mutare dentro ai suoi barattoli.

La sua mamma era spesso fuori e la nonna, che avrebbe dovuto tenerlo d'occhio, si addormentava in salotto sulla poltrona, lasciandolo libero di divertirsi.
Un giorno, il piccolo notò che da uno dei suoi barattoli più vecchi, pieno di chissà quali schifezze, proveniva una puzza fortissima. Di solito li chiudeva bene con il coperchio, ma quello stranamente si era aperto da solo.
'Questa puzza sicuramente farà arrabbiare la mamma' pensò il chimico in erba, così prese il barattolo e lo seppellì in un vasetto di terra in giardino.
Per un paio di settimane non successe nulla. Poi, mentre il piccolo era seduto a giocare all'esterno, una melma viscida di colore viola, che si allungava dal terreno come un tentacolo, cercò di avvolgergli un piede. D'istinto il bambino la schiacciò forte con la scarpa e il mostro si ritirò da dove era venuto, lasciandosi assorbire come acqua dal terreno.
'Che cos'era quello schifo?' pensò spaventato e sull'orlo di una crisi di pianto. Poi capì. Quella sostanza viola era dannatamente simile alla robaccia contenuta nel suo BARATTOLO MOSTRUOSO N°6, quello che era stato costretto a seppellire per via del fortissimo tanfo.
Andò subito a controllare il vasetto dove lo aveva nascosto, e come già si aspettava, trovò il barattolo vuoto e pulito. Tutto il suo contenuto aveva preso vita e SI ERA TRASFORMATO IN UNA GELATINA ASSASSINA...
'Figo!' pensò ingenuamente il ragazzino. Poi decise che avrebbe giocato con la melma il giorno dopo, cercando di stanarla dal terreno, e andò in casa.

Il giorno dopo, però, iniziò nel modo peggiore.
A svegliarlo furono le urla della mamma che, aprendo il rubinetto in bagno per lavarsi, si era ritrovata a spiaccicarsi in faccia la schifosa gelatina viola, credendo di avere acqua tra le mani.
Purtroppo le urla durarono ben poco, perché il mostro strisciante si infilò dappertutto, impedendole di respirare.
Quando il suo creatore entrò in bagno, vide un'enorme massa di melma che avvolgeva il corpo della madre e iniziava a digerirne i resti.
Ormai c'era poco da fare, poteva scappare, ma presto sarebbe toccato a lui, il suo mostro doveva saziarsi.

TERRORE:
94/100

POTENZA:
76/100

LUOGO DI ORIGINE:

IL DADO DEL DIAVOLO

IDENTIKIT

- **Habitat:** un dado vive in tanti luoghi. Questo, in particolare, segue le sue vittime fin dentro i loro pensieri.
- **Dieta:** sembra che tragga piacere dall'infrangere le speranze dei giocatori.
- **Aspetto:** è un dado pesante, rosso e nero. Ha un aspetto quasi demoniaco.
- **Comportamento:** si crede che riesca a influenzare i pensieri delle persone che giocano, le manipoli e le consumi fino alla morte.
- **Origine:** il proprietario della bisca dove è stato trovato l'ultima volta dice di averlo ricevuto in dono da un cliente bizzarro, visto una sola volta e mai più ritornato.

LEGGENDA

Tanti anni fa, quando ancora le città erano piene di briganti, era all'ordine del giorno recarsi nella bisca più vicina per immergersi nel fumo di sigaro, nel tanfo di sudore e nell'alcool. Ci si dimenticava così dei propri problemi fino a sera, per poi tornare a casa sconfitti e umiliati dal DEMONE DEL GIOCO D'AZZARDO. Proprio di questo demone vi racconterò oggi e di come abbia preso possesso di un oggetto semplice e potente, la chiave della speranza e della dannazione degli uomini che vi si accostavano.
Un dado.

Era rosso e pesante, con i pallini che indicavano i numeri incavati e neri. Non importava quale fosse la mano che lo lanciava, il dado aveva vita propria e ogni sera sceglieva un poveraccio e lo conduceva per mano fino alla morte.
Quella sera toccò a Hubert, il maniscalco più anziano ed esperto del posto. Hubert era solito andare alla bisca una volta ogni tanto, ma quando entrava sapeva che non ne sarebbe uscito fino alle prime luci dell'alba. Le sue intenzioni quella volta non erano diverse, ma c'era di mezzo la volontà del dado a peggiorare drammaticamente la situazione.
Il modo in cui quel cubo maledetto lo portò alla rovina è semplice. All'inizio concesse a Hubert la vittoria, sempre, più e più volte, fino a convincerlo che quella notte aveva la mano di Dio sulla testa, che qualche santo lo stava guidando per portarlo via dalla sua vita difficile, verso la grande città e la ricchezza. Non si sa se il dado riuscisse a influenzare anche i pensieri della vittima, ma Hubert non riuscì a opporre alcuna resistenza e si lasciò trasportare completamente da quei momenti di euforia.
Poi perse tutto. Perse quello che non aveva e infine perse quello che non avrebbe mai avuto, neanche lavorando per due vite intere.
IL DADO GIOCAVA CON LA MENTE DEL POVERACCIO, portandolo a pensare che il tiro successivo sarebbe stato quello buono, che se si fosse fermato proprio adesso avrebbe perso la sua occasione d'oro.

Evito di descrivere lo stato in cui Hubert versava quando fu costretto a uscire dalla bisca. Aveva perso ogni cosa. Casa, attrezzi, cavallo. Aveva debiti con tutti ed era stato malmenato da più di uno dei suoi creditori.
L'unica immagine che gli balenava davanti agli occhi, mentre camminava a testa bassa, era quella del dado rosso e nero che rimbalzava da tutte le parti, senza mai fermarsi.
Non si sa se Hubert andò volontariamente sui binari del treno, o se era talmente sfinito da quella nottata da capitarci per caso. Quello che è certo è che quando il treno fischiò lui alzò la testa e forse avrebbe avuto il tempo di lanciarsi di lato e salvarsi.
Ma non lo fece.

TERRORE:
96/100

POTENZA:
84/100

LUOGO DI ORIGINE:

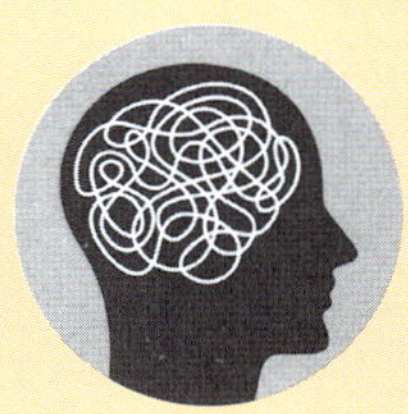

FONTE DELLA VECCHIAIA

IDENTIKIT

- **Habitat:** la leggenda racconta che la fonte si nasconde alle pendici delle Alpi.
- **Dieta:** quest'acqua maledetta si nutre della giovinezza delle persone che bagna.
- **Aspetto:** è una meravigliosa fonte di acqua purissima.
- **Comportamento:** il funzionamento di questo liquido misterioso resta sconosciuto. Dalle analisi chimiche l'acqua risulta identica a quella di ogni fiume e lago sulla Terra.
- **Origine:** se ha qualcosa in comune con la più nota Fonte dell'eterna giovinezza, è un segreto che il nostro pianeta conserva fin dagli albori della sua esistenza.

LEGGENDA

Da sempre si favoleggia che esista, da qualche parte nel mondo, una fonte d'acqua purissima chiamata 'FONTE DELL'ETERNA GIOVINEZZA'. Si pensa che immergendovisi si possa tornare indietro nel tempo, uscendone di nuovo giovani.
Spesso, tra gli escursionisti che si trovano a dover bere un po' dove capita, questa storiella veniva fuori per farsi due risate. In uno di questi gruppi di avventurieri c'era Luisa, una ragazza energica

e impavida, che si divertiva con i suoi compagni a percorrere i sentieri più difficili d'Europa.
Le capitava spesso, proprio perché era così coraggiosa, di separarsi dal gruppo e scegliere un percorso più difficile rispetto agli altri, e così fece quel giorno d'estate, alle pendici delle Alpi.
Lei e i suoi amici non avevano in programma di arrivare fino in vetta, ma il percorso sarebbe stato comunque una vera sfida. Luisa si separò dopo pochi chilometri e scelse una via più ripida, dicendo agli altri:
«Ci vediamo alla fine, come al solito!»
Dopo circa mezz'ora di strada percorsa in solitaria, Luisa si accorse che il sentiero scompariva lentamente, come se nessuno lo avesse più battuto da moltissimo tempo. Decise comunque di continuare, perché sulla sua mappa il cammino era ben segnato.
Dopo qualche ora ammise a se stessa: 'Mi sono persa…' Non si diede per vinta e decise che, se non avesse trovato la strada entro sera, avrebbe chiamato i soccorsi. Sarebbe stato umiliante per lei e voleva tenere questa carta come ultima risorsa.
Alle ultime luci del tramonto, scorse dietro alcune rocce una grotta fitta di vegetazione, con una larga apertura.
Quando, una volta entrata, VIDE UNA FONTE D'ACQUA GELIDA E CRISTALLINA luccicare sotto la luce della sua torcia, si dimenticò perfino di essersi persa.
'Che meraviglia!' pensò Luisa.
Già che c'era, decise di bere un sorso, era buonissima.
Si lavò le mani e la faccia, poi si sedette per prendere il telefono e chiamare qualcuno che la potesse recuperare.

Quando guardò le sue mani però, Luisa si accorse che non aveva più la morbida pelle color pesca di cui era tanto orgogliosa; le sue mani ora sembravano quelle di una donna molto anziana. Erano piene di rughe, screpolate e tremanti. Pensò che si trattasse di un'allucinazione, non poteva essere vero! Ma il peggio doveva ancora arrivare. Lei non lo sapeva, ma anche la sua faccia era ridotta allo stesso modo.
Glielo avrebbero detto i suoi amici, con grande orrore, qualche ora dopo.
Luisa non aveva trovato la Fonte dell'eterna giovinezza, tutt'altro. Aveva trovato UN'ACQUA MALEDETTA CHE FACEVA INVECCHIARE LE PERSONE che la toccavano.
La notizia venne tenuta segreta e la grotta venne murata, nascondendo l'entrata. Ma tutti sappiamo che l'acqua scava sempre un nuovo percorso, e che un torrente può riemergere anche a molti chilometri di distanza dalla fonte.

TERRORE:
57/100

POTENZA:
92/100

LUOGO DI ORIGINE:

UN DIPINTO INQUIETANTE

IDENTIKIT

- **Habitat:** si dice che appaia soltanto tra le mani di un artista di talento, fra le sue tele vuote.
- **Dieta:** attacca chiunque sia così sfortunato da incappare nella sua immagine sconcertante.
- **Aspetto:** è un dipinto che raffigura un uomo elegante, i dettagli del viso non sono visibili da lontano e chiunque li abbia ammirati non può raccontarlo.
- **Comportamento:** produce un fortissimo stato di inquietudine e angoscia in chi lo vede da vicino. Trascina la mente della vittima in un vortice da cui è impossibile uscire.
- **Origine:** gli studiosi del paranormale ritengono che sia il viso del soggetto dipinto a creare l'effetto maledetto, ma non si sa come sia possibile.

LEGGENDA

Forse avrete avuto la fortuna, almeno una volta nella vita, di ammirare un dipinto o un'immagine capaci di evocare in voi una forte emozione. Potrete capire perciò che cosa provereste se quell'emozione fosse UNA FORTE ANGOSCIA, e se non ci fosse un modo per smettere di guardare la fonte di tale orrore. Il dipinto in questione è un ritratto. Da lontano, il soggetto assomiglia alla sagoma di un uomo rivolto verso lo spettatore,

con un elegante cappotto scuro. Non si riescono a distinguere altri dettagli.
Chi è stato troppo curioso e si è avvicinato per vedere meglio non ha potuto riferire quel che ha osservato.
Questa è la storia del primo di questi incoscienti, Lucas.
Era un ragazzo coraggioso, a cui piaceva stare sempre al centro dell'attenzione. Proprio per questo motivo non seppe resistere, quando venne a sapere di un tesoro custodito nella casa di un vecchio pittore, recentemente passato a miglior vita.
Così, una notte, decise di intrufolarsi all'interno insieme ai suoi amici. In poche ore misero a soqquadro la bella villa, rubando gioielli, tele e tutto ciò che sembrò loro di valore.
Quando stavano per andar via, Lucas notò UNA TELA COPERTA DA UN PESANTE LENZUOLO. Ormai in casa era rimasto solo, gli altri lo aspettavano in macchina, ma decise comunque di dare un'occhiata, attratto da chissà quale forza malvagia.
Sollevò il telo e rimase paralizzato. Difficile dire quali sensazioni abbia provato in quegli interminabili minuti, ma dall'espressione atterrita che rimase scolpita sul suo volto, si può provare a indovinare.
Non vedendolo arrivare, gli amici tornarono dentro a cercarlo, soltanto per trovarlo immobile a fissare la tela. Fortunatamente la sagoma di Lucas copriva il quadro e nessuno degli altri riuscì a vederlo.
Lo chiamarono più volte, ma senza ottenere risposta.
Lucas era intrappolato in un vortice

di angoscia interminabile. Si sarebbero avvicinati, condannandosi a fare la stessa fine, se non fosse stato per un'auto della polizia che sopraggiungeva proprio in quel momento a sirene spiegate, costringendoli alla fuga. Quando gli agenti entrarono in casa, trovarono Lucas nella stessa posizione di prima, con la stessa espressione atterrita. Il quadro invece era diventato una tela vuota, aveva mietuto la sua vittima, per ora.

LUCAS NON SI SVEGLIÒ MAI PIÙ DA QUELL'INCUBO.

Il quadro invece riapparve, lontano e in altri tempi, per rapire ancora ignari spettatori.

TERRORE:
68/100

POTENZA:
76/100

LUOGO DI ORIGINE:

KROSPO

IDENTIKIT

- **Habitat:** vive in una palude, sotto decine di metri di fango.
- **Dieta:** mastica gli esseri umani con la sua bocca enorme. Di solito, però, assorbe il nutrimento direttamente dal fango.
- **Aspetto:** è un rospo delle dimensioni di un toro, con artigli al posto delle zampe.
- **Comportamento:** dorme serenamente nelle profondità della sua palude, ma percepisce ciò che avviene in superficie come se vivesse in simbiosi con il fango. Se disturbato, si sveglia e diventa molto aggressivo.
- **Origine:** c'è chi pensa che sia il frutto di una mutazione dovuta ai liquami inquinanti, ma più probabilmente è una creatura sconosciuta che è emersa perché disturbata dall'uomo.

LEGGENDA

'Quale posto migliore per scaricare i rifiuti tossici prodotti dalla propria fabbrica della puzzolente palude più vicina?' deve aver pensato il proprietario di quel mostro tecnologico.
Non avrebbe mai immaginato che le sue scorie sarebbero state in grado di risvegliare una creatura che da millenni dormiva sepolta nelle profondità della palude, insieme alle ossa dei dinosauri.

Chi lo ha visto lo descrive come UN ROSPO DELLE DIMENSIONI DI UN TORO ADULTO, con due enormi occhi gialli con la pupilla nera. Una bocca troppo larga per la dimensione della sua testa, che gli solca le guance. Sopra e sotto quello squarcio, una fila di denti piatti e separati tra loro.

La cosa più terribile del 'Krospo' – così era stato soprannominato dai primi operai della fabbrica che lo videro – era la sua pelle spugnosa, color verde rancido. Sembrava ricoperto da uno straccio malconcio, che in alcuni punti era talmente decomposto da lasciare intravedere pezzi di ossa. Addirittura, in alcuni punti, le ossa spuntavano di diversi centimetri dalla pelle, quasi a formare degli spuntoni con cui il mostro avrebbe potuto difendersi.

Le zampe della creatura erano più simili a quelle di un'aquila che alle pinne palmate di un rospo. Aveva grossi artigli e dita separate e muscolose. Probabilmente non era un buon nuotatore, ma saltava cinque volte la sua altezza, aggrappandosi agli alberi come un uccello.

Questa descrizione dettagliata la diede il capo del gruppo smistamento rifiuti, uno degli uomini addetti a sversare I MATERIALI TOSSICI DELLA FABBRICA nella palude per conto del ricco imprenditore. Su dodici, solo due sopravvissero a quell'incontro e poterono raccontare l'orrore che avevano visto. Gli altri vennero dilaniati e masticati dal Krospo.

Geoffrey, il capogruppo, riferì che riusciva a sentire il rumore dei denti piatti della bestia mentre masticavano i corpi dei suoi compagni a centinaia di metri di distanza. Quella bocca enorme era capace di accogliere un corpo umano senza sforzo. Il proprietario della fabbrica volle inviare un gruppo di mercenari armati a occuparsi della bestia, credendo si trattasse di un alligatore o qualcosa del genere. Gli uomini non trovarono traccia del Krospo, ma videro i resti masticati e sfracellati dei poveri operai. Era chiaro che, dopo le prime vittime, LA BESTIA AVEVA SAZIATO LA SUA FAME, ma aveva continuato a catturare e masticare le prede solo per il gusto di ucciderle, sputandone poi quasi tutto il corpo ridotto in pezzi tra la fanghiglia della sua palude. La fabbrica chiuse presto, perché le voci sulle pratiche illegali che attuava si diffusero, e il proprietario venne arrestato. Il Krospo riposa indisturbato. Per ora.

TERRORE:
83/100

POTENZA:
95/100

LUOGO DI ORIGINE:

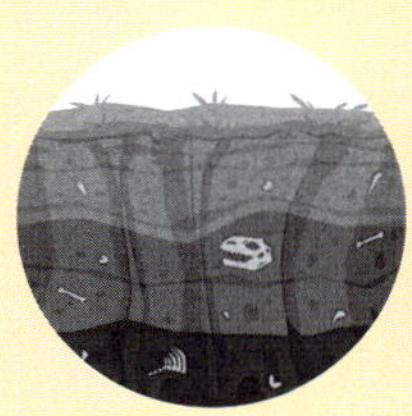

UOMO NERO

IDENTIKIT

- **Habitat:** viveva a Londra, moltissimi anni fa.
- **Dieta:** quando la polizia entrò in casa sua, riferì di aver trovato moltissimi sacchi di patate, come se mangiasse solo quelle.
- **Aspetto:** è un uomo di mezza età, vestito di nero.
- **Comportamento:** dorme di giorno e di notte esce per aggirarsi tra i vicoli della città, in cerca della sua prossima vittima.
- **Origine:** non è un mortale come tutti noi, forse uno spiritello malvagio si è insediato nelle sue carni.

LEGGENDA

Nelle strade delle grandi città, prima dell'invenzione della corrente elettrica, alla sera si aggirava un uomo, che aveva l'incarico di accendere le fiammelle dei lampioni per fare un po' di luce.
Per alcune decine di anni questo compito era stato affidato a un individuo senza nome, che nessuno conosceva e che non aveva parenti o amici.
LA GENTE LO CHIAMAVA 'L'UOMO NERO', perché si vestiva con un pastrano scuro come il carbone e quando svolgeva il suo lavoro si confondeva con le tenebre.
Non aveva passioni e non usciva mai di casa,

eccetto che per accendere i lampioni. Nessuno lo aveva mai visto rientrare.
A quei tempi gli assassini erano all'ordine del giorno, la polizia indagava sempre, ma i mezzi che aveva a disposizione lasciavano molto a desiderare. Era facile per un omicida non farsi beccare. Specialmente se aveva un buon motivo per essere in giro con il favore delle tenebre.
Avrete capito ormai di chi sto parlando. Il nostro Uomo Nero era un killer.
Nello scantinato della sua casa aveva un vero e proprio antro degli orrori: la sua collezione di cimeli strappati via dalle sue vittime. A volte prendeva una scarpa, un anello. Altre volte andava più sul personale e portava via un dito o una ciocca di capelli.
UCCIDEVA UOMINI E DONNE, NON AVEVA PREFERENZE.
Quello che non poteva mancare, però, era la situazione ideale.
Il nostro uomo amava seguire la sua vittima nei vicoli della città vecchia e terrorizzarla con una risata che avrebbe echeggiato nella notte scura, prima di lanciarsi all'attacco e accoltellarla.
Tra molti criminali, vi chiederete, come mai proprio quest'uomo fa la sua comparsa tra i mostri di questo bestiario misterioso?
Lo scoprirete quando vi racconterò del giorno della sua esecuzione. Sì, perché alla fine l'Uomo Nero commise un errore e fu catturato. Dopo pochi giorni confessò decine di omicidi e fu condannato all'impiccagione.

Tantissime famiglie quel giorno si radunarono in piazza, per assistere allo spettacolo raccapricciante, come era consuetudine fare a quel tempo.

Quando il boia tirò la leva che apriva la botola sotto i piedi del condannato, però, con grande stupore della folla, l'uomo non cadde. Levitò per svariati secondi, come se un pavimento invisibile lo sostenesse, e sorrise. Guardò tutti i presenti e poi sparì, lasciando il cappio vuoto e gli occhi dei presenti sbarrati.

TERRORE:
99/100

POTENZA:
89/100

LUOGO DI ORIGINE:

GATTO MANNARO

IDENTIKIT

- **Habitat:** la sua maledizione giaceva in un medaglione egizio.
- **Dieta:** mangia solo carne umana appena cacciata.
- **Aspetto:** il Gatto Mannaro appare simile a un gatto comune, ma con le dimensioni di un essere umano. Può correre su due gambe oppure lanciarsi a quattro zampe e saltare agile da un tetto all'altro.
- **Comportamento:** durante le notti di luna piena il suo istinto gli ordina di uscire sotto le stelle, di lì a poco acquisisce la sua forma animalesca.
- **Origine:** la maledizione è frutto di un'antica stregoneria egizia, ma non si conosce l'origine precisa del sortilegio.

LEGGENDA

Non appena ebbe finito di mangiare, per terra rimase soltanto qualche ciuffo di capelli. Era una notte di un freddo inverno, quando la polizia arrivò nella radura dove un cacciatore locale aveva trovato gli effetti personali di un individuo, vicino a delle TRACCE DI SANGUE SUL TERRICCIO.
C'era poco da esaminare, le tracce si esaurivano nel raggio di pochi metri, come se i resti della vittima fossero scomparsi nel nulla. Non c'erano nemmeno i segni del trascinamento che avrebbe lasciato il corpo se fosse stato avvolto e spostato. L'unica cosa che avevano potuto

notare erano svariate impronte di zampa, forse di lupo, ben impresse nel terreno, come se la bestia fosse particolarmente grande. Gli agenti pensarono che qualche animale avesse banchettato sul corpo del malcapitato. Dopo qualche mese, il caso venne archiviato per mancanza di elementi e nessuno si fece più domande al riguardo.
Tra la gente della piccola città vicina, però, iniziarono a serpeggiare delle strane voci. In molti erano convinti che tra loro si nascondesse un assassino. Si sbagliavano.
C'era, in effetti, un mostro, ma non era un omicida, UCCIDEVA PERCHÉ NON POTEVA MANGIARE ALTRO SE NON LA CARNE UMANA cacciata dalle sue stesse zanne. Il suo nome tra la gente era Carl e faceva il tassista. Se lo avessero visto durante le notti di luna piena, però, lo avrebbero additato urlando un nome diverso, 'IL GATTO MANNARO'.
Carl aveva avuto la sfortuna di essere maledetto da un oggetto antico, che aveva trovato in un viaggio in Egitto, allontanandosi dalla comitiva di turisti di cui faceva parte. Era un piccolo emblema raffigurante il muso di un gatto. Da quando lo portò via con sé iniziò a sentirsi strano tutte le notti, affamato e desideroso di uscire sotto le stelle.
Quando finalmente decise di assecondare il suo desiderio primordiale, il suo corpo iniziò a mutare alla luce della luna. Si coprì di pelo maculato, simile a quello di un gatto comune. Zampe artigliate gli permettevano di correre a quattro zampe se voleva, mentre zanne

acuminate e sottili brillavano sotto il cielo notturno quando apriva la bocca minaccioso.
Provò per settimane a trattenersi, mangiò carne cruda comprata al supermercato, ma la vomitava subito dopo. Non c'era niente da fare, doveva lasciarsi andare al suo istinto o sarebbe morto di stenti.
Così uscì e corse nelle campagne vicine, dove trovò un senzatetto che dormiva al riparo di un albero in una piccola radura. Quando ebbe finito di mangiare, per terra rimase solo qualche ciuffo di capelli.

TERRORE:
95/100

POTENZA:
78/100

LUOGO DI ORIGINE:

LA DONNA SCORPIONE

IDENTIKIT

- **Habitat:** vive in una piramide sepolta nel deserto.
- **Dieta:** si dice che si sia evoluta in modo da non aver bisogno di cibo.
- **Aspetto:** dal torso in su ha l'aspetto di una donna, coperta dal carapace giallo ocra di uno scorpione. La faccia è deformata da enormi mandibole bavose.
- **Comportamento:** sembra fare da guardia alla sua piramide. Non scopriremo mai che cosa nasconde, perché l'entrata è stata celata, probabilmente dal mostro stesso.
- **Origine:** spesso si narra di come gli antichi Egizi avessero sperimentato strane tecnologie. Forse la Donna Scorpione è il frutto di un remoto esperimento.

LEGGENDA

Il sogno di ogni archeologo è scoprire qualcosa di sensazionale. Daniel era ancora giovane ma già sperava, anzi era convinto, che sarebbe stato tanto capace da finire nei libri di Storia per le sue scoperte. Non finì nei libri di Storia, ma scoprì davvero qualcosa di straordinario. Purtroppo nessuno gli credette, quando provò a raccontarlo. Si trovava in Egitto, in mezzo al deserto, per effettuare degli scavi con il suo team.

Credevano di aver trovato la posizione di una grossa piramide ormai sepolta e volevano riportarne alla luce l'entrata.
Daniel spesso si fermava più a lungo e proprio una di quelle volte, mentre scavava con la pala in fondo a una buca, il terreno sotto di lui cedette e si trovò immerso nel buio, in una stanza enorme. Provò a chiamare aiuto, ma nessuno poteva sentirlo. Accese quindi la torcia che portava con sé, e scoprì di essere finito proprio dentro la piramide. Intorno a lui c'erano pareti che nessun occhio umano aveva più visto da millenni.
Un brivido di eccitazione gli corse lungo la schiena. Decise di non chiamare nessuno e dare prima un'occhiata in giro.
Si trovava in una grande stanza quadrata, sopra di lui il soffitto aveva ceduto in seguito ai lavori di scavo.
Sul pavimento, al centro della camera, c'era un'apertura, come un pozzo. Daniel non riusciva a vedere dove portasse, ma voleva scendere a scoprirlo. Così legò una fune a uno dei pilastri e iniziò la discesa nel buio. Quando ormai si trovava sospeso nel vuoto, iniziò a sentire sotto di sé qualcosa che si muoveva, come uno sgambettare veloce di insetti, ma molto più intenso.
Scese ancora di qualche metro, poi puntò la sua luce verso il basso. Niente.
Continuò a scendere ma, quando stava per girarsi di nuovo per controllare, qualcosa lo colpì con forza facendolo cadere dalla fune. Per fortuna mancavano solo pochi metri e la sabbia sottostante attutì la caduta.

Quando Daniel si riprese e alzò la torcia per illuminare il nuovo ambiente, SCORSE LE ORRIBILI FAUCI PELOSE E VISCIDE DI UN GIGANTESCO SCORPIONE. Era molto più grande di lui, aveva un carapace giallo sabbia e la testa ricordava quella di una donna mostruosa. I capelli e gli occhi erano perfettamente umani, così il busto e le braccia. Ricordava un centauro ma al posto del cavallo c'era uno scorpione con tanto di coda e pungiglione, con il quale la creatura lo aveva buttato giù dalla corda.
Daniel reagì prontamente: riuscì a schivare la Donna Scorpione e ad afferrare la corda da cui era sceso. Il mostro si voltò rapidamente verso di lui, ma l'archeologo fu abbastanza veloce da spararGli un razzo segnalatore in faccia, distraendolo per il tempo necessario a fargli risalire i primi metri di corda e portarlo in salvo. La bestia rimase sotto di lui a correre nel buio. Quando raccontò del mostro ai suoi colleghi, tutti si fecero una grande risata. Allora Daniel li trascinò a controllare l'entrata che aveva scoperto, ma non trovarono più niente. Provarono a scavare ancora nelle settimane successive, ma l'entrata della piramide della Donna Scorpione non venne mai più rivelata.

TERRORE:
81/100

POTENZA:
79/100

LUOGO DI ORIGINE:

SORIATH LO SQUARCIATORE PLANARE

IDENTIKIT

- **Habitat:** vive nelle profondità del cosmo, distante anni luce da noi.
- **Dieta:** assimila le stelle come fa una balena con il plancton.
- **Aspetto:** è un gigantesco essere che si fonde con il vuoto cosmico, emergendone a suo piacimento.
- **Comportamento:** non sappiamo niente di lui, oltre al fatto che assorbe migliaia di stelle per alimentare il suo eterno viaggio.
- **Origine:** nessuno sa che cosa sia, tantomeno da dove abbia avuto origine.

LEGGENDA

A oggi, L'UNIVERSO È UN GRANDE MISTERO, come un lenzuolo infinito su cui riposa un numero incalcolabile di stelle e pianeti. Chissà quali inquietanti segreti si nascondono tra le sue pieghe: civiltà aliene, forse, spettacolari paesaggi su pianeti lontanissimi, oppure il nulla cosmico... Potremmo essere soli nello spazio, e questo sarebbe altrettanto inquietante. Subito dopo la messa in opera del telescopio spaziale Hubble, arrivò la conferma che c'era qualcosa, oltre alla razza umana. La notizia, però, venne sempre tenuta nascosta al pubblico. Quella che state leggendo, in fondo, è solo una storiella paurosa, no?

James stava analizzando i dati raccolti durante una delle prime sessioni di registrazione del telescopio, quando vide migliaia di puntini luminosi, distanti anni luce, scomparire all'improvviso nel buio del cosmo.
Era impossibile che tutte quelle stelle fossero sparite nello stesso istante, nemmeno un buco nero avrebbe potuto creare un effetto simile. Inizialmente pensò a un errore dei software, ma dopo aver controllato i dati diverse volte non ebbe più dubbi. Qualcosa aveva divorato migliaia di stelle in un sol boccone.
James tenne questa teoria per sé, cercando per mesi di trovare prove a sostegno della sua tesi. Se ci fosse riuscito avrebbe finalmente dimostrato che non siamo soli nell'universo.
Un giorno ebbe la fortuna di assistere a un altro evento incredibile. Altre stelle, in un settore del cielo vicino a quello del primo episodio, scomparvero nello stesso modo. Ma questa volta, pochi istanti dopo, osservò un'onda di luce guizzare come farebbe la pinna di un pesce mentre nuota. Il tutto durò pochi attimi, ma al rallentatore era chiaramente visibile.
James lasciò che la sua immaginazione galoppasse libera e pensò che questo fenomeno sarebbe potuto essere provocato da UNA CREATURA ENORME, LUNGA ANNI LUCE, con davanti una sorta di enorme pannello solare organico, simile alle setole di una balena, con cui filtrava e assorbiva le stelle come fossero plancton.
Immaginò che il corpo di questo essere fosse costituito da una materia diversa da quella che conosciamo, e che potesse avvolgere lo spazio diventando parte

del vuoto cosmico. Infine, suppose che questo essere gigantesco riuscisse a muoversi grazie a una pinna in cui disponeva le stelle catturate, usandole per darsi la spinta. James fece persino un bellissimo disegno, per ricordarsi della sua teoria e delle ipotesi che aveva appena formulato. Quello che è strano, lo notò anche James stesso, è che lui non aveva mai avuto una fervida immaginazione, e quelle teorie fantascientifiche non gli sembravano farina del suo sacco. Inoltre, non sapeva disegnare nemmeno un cagnolino, invece il disegno della creatura era venuto benissimo. Gli venne in mente anche un nome: 'SORIATH LO SQUARCIATORE PLANARE'. Strano anche questo, perché il miglior nome che aveva trovato per il suo gatto era 'Miao'.

TERRORE:
65/100

POTENZA:
99/100

LUOGO DI ORIGINE:

SQUALO LAVICO

IDENTIKIT

- **Habitat:** vive nel nucleo del pianeta Terra.
- **Dieta:** in genere si nutre di altri esseri viventi che fanno parte del suo habitat.
- **Aspetto:** è uno squalo ricoperto di scaglie metalliche. Non ha occhi, possiede solo una grossa bocca.
- **Comportamento:** un esemplare di questa peculiare specie è riuscito a trovare una strada fino alla superficie marina. Ora è affamato e aggressivo.
- **Origine:** non si sa come sia stato possibile che si generassero forme di vita in un clima così ostile, eppure qualcosa è riuscito a sopravvivere.

LEGGENDA

Ogni anno, in estate, Marta e le sue amiche trascorrevano qualche giorno nelle bellissime spiagge del nord della Sardegna. Il padre di Marta aveva un piccolo yacht su cui le ragazze prendevano il sole immerse nel mare cristallino.

Un giorno, per fare un video su TikTok, chiesero al capitano di spingersi più al largo alla massima velocità. Si divertirono a vedere l'acqua schizzare dietro all'imbarcazione. Arrivarono in mare aperto e gettarono l'ancora.

«Chi ha il coraggio di tuffarsi in acqua? Qui è profondissima!» disse Marta.

Nessuna delle sue amiche si sentiva abbastanza coraggiosa da buttarsi, così Marta si lanciò per prima. Le ragazze accolsero il tuffo con delle urla di gioia, ma trascorsi alcuni secondi, si accorsero che l'amica non riemergeva. Sul gruppo calò il silenzio...

«Buttatevi, stupide!» urlò Marta, appena riemersa, dopo aver preso una boccata d'aria.

Così le ragazze presero coraggio e si tuffarono, una dopo l'altra, nel mare blu profondo. Ovviamente non potevano sapere che questa volta c'era davvero qualcosa di cui aver paura in agguato, qualcosa che avrebbe potuto ucciderle in pochi minuti e che era già sulle loro tracce.

Sotto di loro, sul fondale, si apriva un profondo squarcio. Questa spaccatura arrivava - non ci crederete mai - fino al centro della Terra, dove l'acqua del mare incontra IL MAGMA INCANDESCENTE.

Vi stupirà anche sapere che nel nucleo liquido del nostro pianeta navigano alcune forme di vita peculiari, tra cui quello che chiameremo 'SQUALO LAVICO'.

Questo bestione è in cima alla catena alimentare del suo ecosistema, e per ottime ragioni.

Il suo corpo è ricoperto da scaglie metalliche, non ha occhi ma si orienta tramite onde sonore, come i delfini. La sua bocca è costellata di denti acuminati, anch'essi di metallo.

Non ha sangue, ma nel suo organismo scorre una miscela di titanio fuso.

Un esemplare di questa specie si era spinto fuori, attraverso lo squarcio, fino ad arrivare al mare.

Qui aveva percepito la presenza di alcune prede sulla superficie. Erano Marta e le sue amiche. «Venite a sentire, l'acqua è caldissima in questo punto!» disse una di loro.

Pochi istanti dopo, l'acqua diventò così calda da uccidere i pesci, che arrivarono a galla a decine intorno alle ragazze. Loro non fecero in tempo ad accorgersene, però, perché lo Squalo Lavico iniziò a cacciarle con le sue fauci. Vi lascio immaginare, visti i danni che può causare il morso di uno squalo comune, che cosa possa provocare quello di uno squalo ricoperto di scaglie metalliche.

Solo Marta riuscì a risalire sullo yacht prima che lo squalo la catturasse, delle altre ragazze non tornò a galla nemmeno una goccia di sangue.

TERRORE:
99/100

POTENZA:
98/100

LUOGO DI ORIGINE:

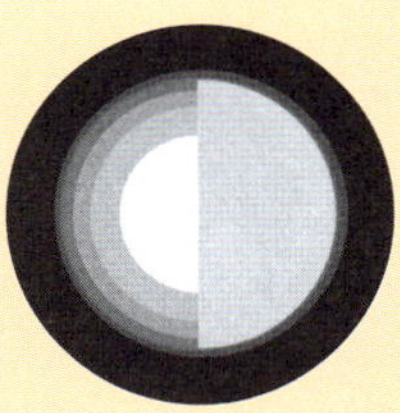

VIRUS SCHELETRICO

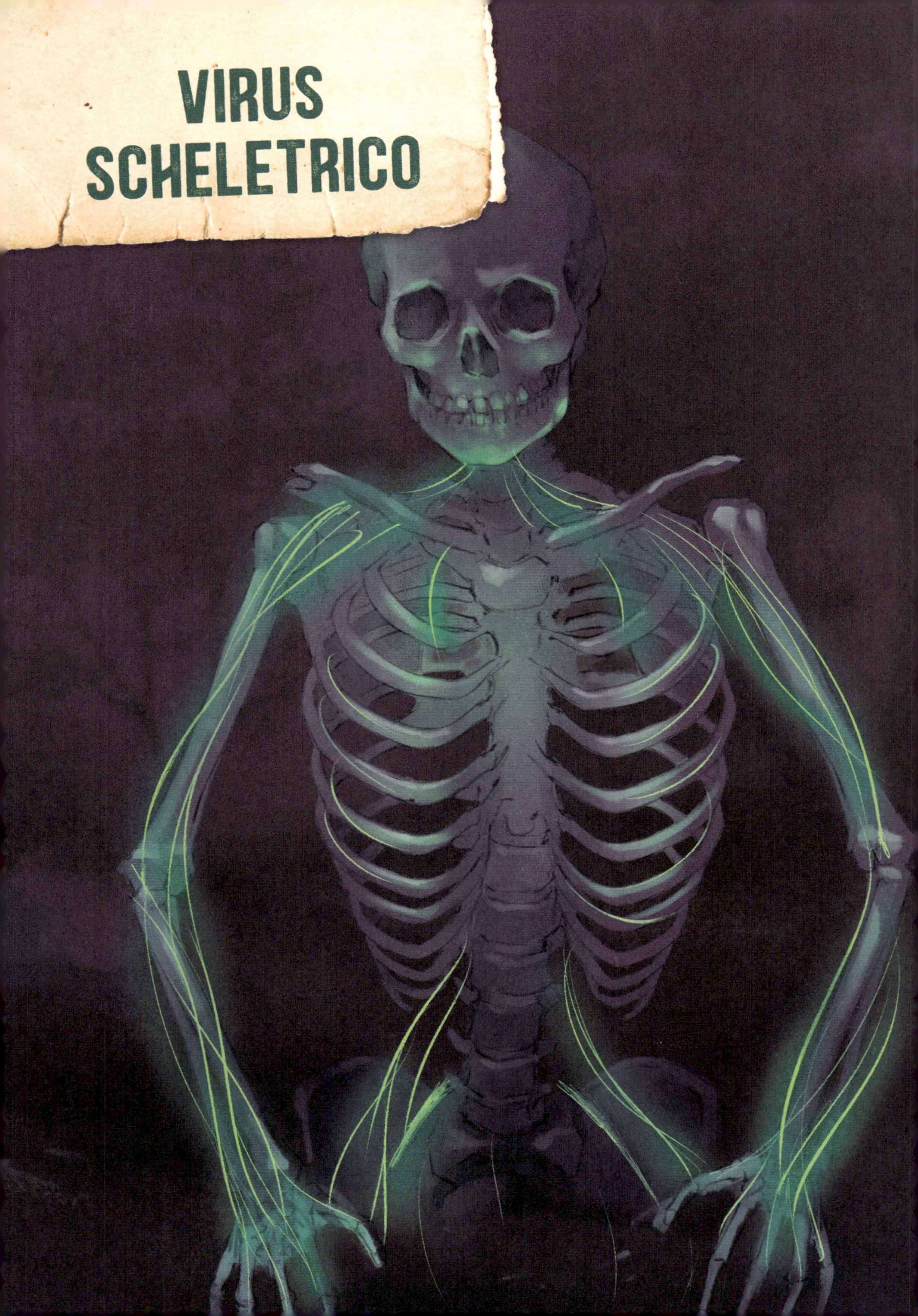

IDENTIKIT

- **Habitat:** è conservato in un laboratorio del Nevada.
- **Dieta:** il virus divora i tessuti molli lasciando in vita solo cervello, nervi e ossa.
- **Aspetto:** l'infetto è molto simile agli scheletri dei videogiochi.
- **Comportamento:** in pochi giorni trasforma la sua vittima in un mucchio di ossa che cammina, aggressivo e con la capacità di propagare il virus molto velocemente.
- **Origine:** è stato creato da alcuni scienziati senza scrupoli per essere usato in guerra. Per fortuna fu considerato disumano e mai adoperato.

LEGGENDA

Durante il secolo scorso, in una base segreta nel deserto del Nevada, un gruppo di scienziati ha lavorato a UN VIRUS CAPACE DI INFETTARE LA POPOLAZIONE IN BREVE TEMPO e restare latente fino a che non fosse stato attivato tramite la somministrazione di una sostanza chimica specifica. Un'arma biologica di questa pericolosità sarebbe stata bandita da qualsiasi Paese, così il progetto rimase allo stadio sperimentale e il virus fu lasciato a marcire in una camera a tenuta stagna. Molti anni dopo, la base in questione venne abbandonata e la stanza del virus finì per essere murata, data la pericolosità del suo contenuto.

Sarebbe stato un disastro se qualcuno fosse riuscito a mettere le mani su quei campioni, così si decise di nascondere l'entrata della base e cancellarla da ogni carta geografica.
Gli esperti decisero che ciò sarebbe bastato a tenere quella mostruosità al sicuro, ma si sbagliavano.
Uno degli scienziati era da tempo infettato e non lo sapeva. Il virus, infatti, sarebbe rimasto latente fino alla somministrazione dell'agente di attivazione.
Ovviamente lui non avrebbe mai preso di sua spontanea volontà quel composto chimico.
Anni dopo, però, fu costretto a iniziare a curarsi con un nuovo farmaco. Indovinate qual era il principio attivo di questa medicina? Esatto. Proprio l'agente di attivazione del virus.
Vi lascio immaginare che cosa successe dopo. Anzi, ve lo racconto.
Nel giro di pochi giorni il virus prese possesso del suo corpo, dimostrandosi per ciò che era: UN VIRUS SCHELETRO. Un divertente gioco di parole che allude al fantascientifico virus zombie. In sostanza, il virus consumava tutti i tessuti molli del corpo contagiato, lasciando in vita soltanto il sistema nervoso e le ossa. La cosa inquietante, però, è che riusciva a tenere in vita l'aberrazione da lui creata per diversi giorni.
Immaginate UN ESERCITO DI SCHELETRI CONTAGIOSI E AGGRESSIVI. Avrebbe svoltato le sorti di qualsiasi guerra, se solo non fosse stato un vero e proprio crimine farne uso.

Lo scienziato infetto fu subito messo in quarantena. Per lui non c'era scampo ma si dovevano contenere i danni. Anche la sua famiglia fu messa in isolamento, così come i suoi vicini di casa.
Quelli contagiati morirono, gli altri furono uccisi perché ormai sapevano troppo.
Da molti anni non si sente più parlare di questa vicenda. Perciò la consideriamo risolta.
La storia che avete letto proviene dalla testimonianza di una delle guardie del sito di ricerca criminale sul Virus Scheletrico. Dopo averla rilasciata, l'uomo non è più tornato a casa. Certi segreti vengono custoditi gelosamente e conoscerli è una maledizione. Tu ora lo conosci. Stai attento.

TERRORE:
79/100

POTENZA:
83/100

LUOGO DI ORIGINE:

DEMONE DELLA MENZOGNA

IDENTIKIT

- **Habitat:** il Demone della Menzogna è vissuto in Tibet, in un piccolo tempio.
- **Dieta:** mangiava gli arti degli uomini empi. Se avesse potuto li avrebbe divorati per intero.
- **Aspetto:** possiamo ricostruire il suo aspetto attraverso i resti rinvenuti. Assomiglia a un grosso lucertolone con una lunga coda e la testa di montone con tanto di corna. Le sue dimensioni erano molto superiori a quelle di un uomo.
- **Comportamento:** il demone divorava le braccia delle persone malvagie per saziare il suo feroce appetito. Veniva tenuto rinchiuso tramite sacri sigilli.
- **Origine:** non si sa da dove provenisse, a giudicare dall'aspetto direttamente da un girone dell'inferno.

LEGGENDA

In fondo a un sentiero montuoso, in Tibet, c'era un piccolo tempio. Dentro il tempio c'era solo una fessura con una scritta in lingua antica.

'Metti la mano dentro se dici la verità'.

Davanti alla fessura una sorta di panca di pietra dove potersi sedere durante l'atto di fede.

Oggi il tempio è inutilizzato da molti anni, ma si dice che un tempo fosse teatro di un CELEBRE RITUALE: quando veniva catturato un presunto criminale, veniva portato al cospetto della fessura, nota come

'BOCCA DELLA MENZOGNA', e gli veniva ordinato di infilarci il braccio.
Solitamente, ma non sempre, si sentiva un forte schiocco, come un ramo spezzato. Poi il poveraccio iniziava a urlare e tirava via il suo moncone sanguinante in preda al dolore.
Oggi chi ci prova si fa soltanto una risata e tutta la storia si è ridotta a essere solo una leggenda.
C'è qualcuno, però, che la pensa diversamente. Marcus è un anziano signore che vende giornali e latte nel villaggio vicino. Ogni giorno si alza presto e va in città con il suo camioncino, si rifornisce e torna. Durante i suoi viaggi ha tempo di riflettere e tante volte i suoi pensieri viaggiano verso quel tempio.
Marcus è convinto che dietro la fessura ci sia ancora nascosto qualcosa, forse UNA LAMA ANTICA, oppure un meccanismo complicato che tagliava le braccia ai malcapitati.
Un giorno si svegliò all'alba e decise che, invece di percorrere la solita strada, avrebbe deviato per il tempio e posto fine ai suoi dubbi.
Si era portato una robusta piccozza da minatore e, una volta arrivato, con poco sforzo riuscì a rimuovere qualche mattone del retro del tempio, in corrispondenza della fessura misteriosa.
Il suo piano era rimettere a posto il tutto dopo aver scoperto la verità.
Così infilò la testa nell'apertura. Era buio, ma c'era qualcosa. Una stanza nascosta, grande abbastanza perché ci potessero stare dieci uomini.

Marcus riusciva a vedere la luce filtrare dalla fessura di fronte a lui.
Non vedendo abbastanza, corse a prendere una torcia elettrica dal suo furgoncino. Quando la luce riempì la stanza, il vecchio trasalì dall'orrore. Sul pavimento vide centinaia di ossa pietrificate dal tempo.
Alcune avevano qualcosa di strano. Non erano umane.
Marcus puntò la torcia su quella che sembrava una gigantesca tibia, poi su alcune costole allungate e infine su un teschio orribile. Sembrava quello di un immenso montone, con tanto di corna.
Marcus non volle vedere altro. Rimise i mattoni al loro posto e andò via tremante. Era convinto di aver visto lo scheletro del demonio. La verità non era poi tanto distante dalle sue convinzioni.
Nessuno saprà mai che le ossa appartenevano a un antico demone, ingabbiato con sacri sigilli in quel tempio sventurato, che i sacerdoti erano costretti a saziare con gli arti degli uomini malvagi.
Con il passare del tempo anche il demone morì e il tempio fu abbandonato.
Un altro segreto che presto scomparirà nella cenere.

TERRORE:
84/100

POTENZA:
72/100

LUOGO DI ORIGINE:

LABAL
LO STREGONE

IDENTIKIT

- **Habitat:** Labal può abitare in qualsiasi orologio, vecchio o nuovo, perché gli piace perdersi tra le pieghe del tempo.
- **Dieta:** si nutre dei secondi che passano, ma non ha bisogno di mangiare.
- **Aspetto:** nella sua forma umana è un vecchio contadino. Non è noto il suo aspetto astrale.
- **Comportamento:** nessuno può comprendere il comportamento di uno stregone così potente.
- **Origine:** si pensa che Labal esista dalla creazione del mondo, come se la sua vita fosse intrecciata al trascorrere del tempo fin dagli albori.

LEGGENDA

Ci fu un tempo in cui una donna a cui si fossero seccate all'improvviso le siepi di casa veniva chiamata strega e bruciata sulla pira. Era raro che lo stesso destino capitasse a un uomo, ma non impossibile. Fu proprio questa la sorte di un povero contadino scozzese.
Una vera sfortuna, se non fosse che quello zappatore in realtà era davvero UN POTENTE STREGONE e che questa occasione fu l'unica nella storia in cui sul rogo ci finì la persona giusta.
Ma aspettate di sapere come morì il mago nero, perché la vicenda ha dell'incredibile. Voi immaginerete, sono

certo, un processo in piazza contro di lui. Poi penserete che sia stato legato sulla pira e bruciato tra le urla della gente.
Niente di più lontano dalla verità.
Labal, questo era il suo vero nome, viveva la maggior parte del suo tempo nel mondo sotto forma di vecchio orologio a pendolo.
Quando la sua casa venne venduta, ironicamente, i nuovi possidenti si liberarono dell'orologio e Labal venne bruciato perché giudicato troppo brutto.
Un epilogo decisamente squallido per uno stregone del suo calibro.
Lo stregone stesso era convinto che andarsene in quel modo sarebbe stato troppo squallido, così decise di non farlo. Sì, perché bruciando il suo corpo ligneo, la sua entità malefica non era andata certamente distrutta. Labal si era invece trovato a vagare senza corpo e questo lo aveva fatto infuriare.
Perciò decise che avrebbe dato una morte orribile ai responsabili.
Il primo a morire fu l'uomo che aveva acquistato la casa e deciso di dar via l'antico orologio.
Lo stregone evocò un serpente lungo venti metri e largo quanto un tronco d'albero che una notte lo divorò, subito prima che rientrasse a casa.
Poi fu il turno dell'uomo che aveva incenerito la sua dimora. Si trattava di un vecchio rigattiere.
Labal decise che avrebbe dato fuoco alla sua casa.
Le fiamme divamparono con tale violenza da distruggere l'intera abitazione in soli dieci minuti.

Nelle settimane seguenti altre persone morirono per mano di Labal, poi la sua furia si placò. Si dice che il mago abbia trovato asilo in un nuovo orologio, in tempi più recenti. Si dice anche che si possa riconoscere l'orologio occupato da Labal perché ogni tanto sembra che i secondi durino più di quanto dovrebbero, a causa della sua potenza che DISTORCE LO SCORRERE DEL TEMPO. Quando vi sembra che i minuti non passino mai, forse Labal dimora nelle lancette che state fissando.

TERRORE:
68/100

POTENZA:
77/100

LUOGO DI ORIGINE:

MERCANTE DI OCCHI

IDENTIKIT

- **Habitat:** viveva in India nell'Ottocento.
- **Dieta:** rubava gli occhi delle persone dotate di un genio particolare.
- **Aspetto:** quello di un uomo ben vestito, con un grosso turbante scuro.
- **Comportamento:** si nascondeva in fondo alla via del commercio nella sua città. Pochi sapevano della sua esistenza.
- **Origine:** la necessità rende l'uomo ladro. In questo caso, ladro di occhi. Il mercante viveva nella povertà e aveva trovato questo macabro espediente per sopravvivere.

LEGGENDA

Ci troviamo in una via trafficata di una nota città dell'India, nell'Ottocento. Centinaia di bancarelle vendono ogni genere di mercanzia a migliaia di passanti. Le persone si soffermano di fretta, alcuni comprano, altri fanno solo perdere tempo ai commercianti già scocciati dal caldo e dagli insetti. Alcuni vendono gioielli, altri carne essiccata, altri ancora libri. Ogni mattina fanno a gara per accaparrarsi i posti migliori per esporre la merce, quelli più in vista. Un mercante, però, si comporta diversamente. Si tratta di un vecchio signore che indossa sempre un vistoso turbante scuro.

Quest'uomo si sistema sempre in fondo a un vicolo stretto e buio.
In mezzo alla calca nessuno si cura di lui, ma quando i passanti lo notano pensano che se ne stia nascosto perché mette in vendita oggetti rubati.
La verità è che quell'uomo è il famigerato MERCANTE DI OCCHI.
C'è un'antica leggenda da quelle parti, secondo la quale negli occhi delle persone si nasconde il loro soffio vitale. Perciò chiunque riesce a venire in possesso degli occhi di una persona di grande coraggio, oppure che gode di robusta salute, ne acquisisce in parte le qualità tramite quel macabro talismano.
Ogni giorno, l'uomo misterioso stende sulla sua bancarella un bellissimo drappo di seta, nero e rosso; poi ci appoggia sopra un baule di legno smaltato, lucido e lugubre allo stesso tempo.
Dentro il baule, non serve che ve lo dica, c'è la sua preziosa mercanzia. Centinaia di occhi vetrificati con una strana tecnica di sua invenzione, per la maggior parte umani.
Il Mercante di Occhi ha sempre avuto pochi clienti, ma affezionati. Probabilmente c'è qualcosa di vero nella leggenda, perché continuano a tornare e fare nuovi acquisti.
Quando uno di loro arriva, il mercante lo guarda ammiccante e apre il baule. A ogni occhio corrisponde una qualità e lui ne tiene traccia in una pergamena arrotolata sotto il bancone.

Così il cliente spiega ciò di cui ha bisogno e lui gli propone il talismano adatto.
Il tutto costa quanto un rotolo di seta da dieci metri. Una cifra considerevole.
La parte peggiore di questa storia, forse l'avete immaginato, è come il Mercante di Occhi riesce a recuperare la sua merce. Si racconta, ma nessuno lo ha mai colto sul fatto, che egli addormenti le vittime con una pozione somministrata di nascosto, poi, con degli strumenti precisi e raccapriccianti, rimuove uno dei bulbi oculari, senza danneggiarlo.
Quando il poveraccio si sveglia tutti sanno, ascoltando le urla, che il mercante ha colpito ancora. In fondo è un uomo di mondo, ha occhio per gli affari.

TERRORE:
84/100

POTENZA:
62/100

LUOGO DI ORIGINE:

EL POLLO
DIABLO

IDENTIKIT

- **Habitat:** un'isoletta dei Caraibi, negli anni d'oro della pirateria.
- **Dieta:** El Pollo Diablo non ha bisogno di mangiare, ma consuma le sue vittime per vendicare la sua specie.
- **Aspetto:** è un gallo possente, con sembianze umane.
- **Comportamento:** quando qualcuno profana i corpi dei membri della sua specie, El Pollo Diablo si sveglia assetato di vendetta.
- **Origine:** non sappiamo da dove venga il mostro, ma in quegli anni una potente stregona voodoo operava nella zona. Si pensa che abbia creato lei El Pollo Diablo.

LEGGENDA

Nell'epoca dei pirati, quando uomini e donne coraggiosi solcavano i mari in cerca di tesori sepolti, si raccontavano spesso storie paurose e leggende, complici le lunghe notti da trascorrere in mare aperto, senza divertimenti.
Tutte le storie erano frutto della fantasia, tranne una manciata. Quelle vere si potevano contare sulle dita di una mano di Capitan Uncino. Questa storia, faticherete a crederlo, è l'unica che corrisponde alla realtà.
Questa è la leggenda del Pollo Diablo.
In un piccolo insediamento costiero di cui ormai si sono

perse le tracce c'era un locandiere con una folta barba ingiallita. Quest'uomo aveva un grosso allevamento di polli che era solito ammazzare per sfamare i molti pirati affamati che sbarcavano dalle sue parti. Uomini che per mesi avevano mangiato un disgustoso rancio ammuffito meritavano di gustare le sue prelibatezze, naturalmente se avevano le tasche piene d'oro per pagarle.
Il barbuto cuoco, però, aveva una brutta abitudine.
Dopo aver ucciso i polli staccando loro la testa, conservava questa parte per ricavarne dei grotteschi biscotti fritti, che teneva per sé.
Ai polli questa pratica doveva sembrare ingiusta, perché con un qualche sortilegio per noi incomprensibile riuscirono a evocare in soccorso il demone che incarnava la loro sete di vendetta.
EL POLLO DIABLO ERA UNA CREATURA GROTTESCA, aveva le sembianze di un gallo ma il corpo di un uomo.
Aveva muscoli enormi e braccia possenti. Le zampe invece erano quelle di un pollastro, ma grosse e muscolose.
La faccia era quella di un gallo arrabbiato, con una cresta imponente e un bel becco appuntito.
Il bestione era alto più di due metri e pesava oltre centottanta chili.
Una notte, il vecchio locandiere si stava preparando ad andare a letto dopo una giornata di lavoro.
Con il suo dente d'oro morse uno dei suoi sfiziosi biscotti di teste di pollo, prima di stendersi a dormire.
Successe il finimondo. Sentì il canto di un gallo tuonare con la potenza di un cannone che esplodeva a pochi centimetri dalle sue orecchie.

L'uomo saltò in piedi impaurito e guardò di scatto fuori dalla finestra; ad aspettarlo, fissandolo insistentemente, c'era EL POLLO DIABLO. I suoi occhi brillavano di luce rossa nel buio della notte. L'uomo, incredulo, sbatté le palpebre con forza, ma quando le riaprì non c'era più nessuno. Il mostro ora era dietro la sua porta chiusa. Con due pugni la scardinò ed entrò in casa, di fronte agli occhi increduli del povero locandiere, che stava per fare una brutta fine.
Al mattino, quando i clienti si domandarono perché dalla locanda non provenisse il solito profumo di arrosto, del pover'uomo restavano solo pochi resti sbocconcellati. Per molti anni a seguire, da quelle parti, non si uccise più un pollo. Il numero dei pennuti aumentò a dismisura, tanto da costringere molti uomini a vivere insieme a loro oppure a trasferirsi lontano. El Pollo Diablo non doveva essere risvegliato.

TERRORE:
76/100

POTENZA:
93/100

LUOGO DI ORIGINE:

POZZO D'INCHIOSTRO

IDENTIKIT

- **Habitat:** il pesce abissale gigante vive in un pozzo profondissimo.
- **Dieta:** la bestia ha scoperto che di tanto in tanto qualche animale cade nella voragine e si è stabilita a fauci spalancate sotto di essa, in attesa della prossima vittima.
- **Aspetto:** è un gigantesco pesce, con tantissimi organi luminosi in bocca che attirano le prede. Il pozzo invece è un immenso cratere di origine ignota.
- **Comportamento:** quando il pesce si accorge che qualcuno è entrato nella sua bocca deglutisce la vittima senza lasciarle scampo.
- **Origine:** il mostro sembra essere un superstite dell'evoluzione, risalente ai tempi in cui le creature avevano ancora dimensioni enormi.

LEGGENDA

Alla fine del sentiero che conduceva al pozzo non c'era nessun cartello di pericolo. Ci aveva pensato Madre Natura ad avvisare chiunque si fosse trovato nei paraggi. Intorno all'apertura, la vegetazione scompariva bruscamente, lasciando spazio alla terra brulla e arida. Al centro di quel piccolo deserto si apriva una spaccatura a forma di rombo, che si allargava a dismisura sotto la superficie, al punto da non lasciar intravedere il fondo né le pareti del baratro.

LE PERSONE DEL POSTO CONOSCEVANO BENE LA ZONA E NON SI AVVICINAVANO MAI. Tuttavia una volta un gruppetto di bambini, complice una stupida sfida, si avventurò da quelle parti. Uno di loro cadde nel pozzo e non fu più ritrovato. Una vera tragedia. Fu dato per morto all'istante.

Mike però non era morto affatto, e questa è la storia di ciò che trovò nel 'Pozzo d'Inchiostro', come lo aveva soprannominato nel suo diario. Il bambino cadde per un tempo lunghissimo, la luce sopra di lui diventava sempre più sottile, fino a raggiungere le dimensioni di una stella nel cielo notturno.

Poi colpì di schiena un liquido strano, più fluido dell'acqua, che lo avvolse senza opporre resistenza. Fu una fortuna per lui, perché qualsiasi altra superficie lo avrebbe ucciso.

Una volta riemerso, Mike si trovò nel buio più completo, sporco di quella sostanza oleosa e senza una fonte di luce. Rimase lì a galla per un tempo incalcolabile, terrorizzato di scoprire che cosa lo circondava. Poi vide una lucina lontana di fronte a lui. Nuotò in quella direzione, riemerse a tentoni dalla pozza di liquido e inciampando innumerevoli volte, raggiunse infine la fonte di luce. Era un fiore, UN GROSSO FIORE BLU CON UNO STELO LUMINOSO IN MEZZO AI PETALI.

Mike si guardò le mani, erano completamente nere, sporche di quel liquido strano, ma almeno ora avrebbe potuto orientarsi grazie a quella pianta luminosa. Così decise di strappare il fiore e usarlo come torcia.

Appena il bambino afferrò i petali, centinaia di altri

fiori uguali si illuminarono e Mike scoprì che non si trattava affatto di fiori. Si trovava, ci mise un po' a realizzarlo, nella bocca di un gigantesco animale e quelli che lui credeva boccioli erano gli organi luminosi della bestia, simili all'antenna con cui i pesci abissali attirano le prede.

Mike non poteva saperlo, ma era capitato proprio nella bocca di un gigantesco pesce abissale, che da secoli o forse millenni viveva nascosto in quel bacino sommerso.

Il ragazzino provò a uscire con tutte le sue forze, ma alla fine fu deglutito e digerito dal mostro.

Anni dopo il suo diario, scritto poco prima di rassegnarsi alla fine, fu ritrovato in mare, chiuso nella sua borraccia.

C'è chi crede che questa sia solo una storiella, ma l'inchiostro con cui sono scritte le pagine ha origini e composizione sconosciute.

TERRORE:
88/100

POTENZA:
79/100

LUOGO DI ORIGINE:

ANGELO DELLA GIUSTIZIA

IDENTIKIT

- **Habitat:** sconosciuto.
- **Dieta:** uccide il possessore del sigillo quando le sue azioni inique lo spezzano.
- **Aspetto:** indescrivibile.
- **Comportamento:** quando i tempi sono maturi per la persona in possesso del sigillo, l'angelo si materializza alle sue spalle e porta al giudizio la sua anima.
- **Origine:** sconosciuta.

LEGGENDA

A Bruno piaceva collezionare libri antichi. Nel suo studio custodiva pergamene e tomi di tutte le epoche e in tutte le lingue immaginabili. Assomigliava ai suoi libri, era vecchio e ingiallito dal tempo, ma possedeva una grande saggezza e un'intelligenza sopraffina.

Un giorno, mentre sfogliava uno dei suoi ultimi acquisti, gli capitò di veder fuggire una delle pagine, che cadde per terra. Succedeva spesso che le rilegature cedessero, così la raccolse pronto a tirar fuori i suoi attrezzi da restauro.

Quando prese in mano la pagina, però, capì che non era parte del libro, ma piuttosto un appunto esterno, scritto con un inchiostro diverso e molto particolare.

Infatti, le parole sembravano composte da un sottile flusso di energia, che emanava luce e scorreva percorrendo le lettere e le frasi.
Bruno rimase ipnotizzato per qualche istante.
Quando cercò di capire che cosa ci fosse scritto sulla pagina in questione, scoprì che DECIFRARLA SAREBBE STATO QUASI IMPOSSIBILE. Il collezionista, infatti, conosceva qualsiasi lingua che fosse mai stata parlata dal genere umano e quella con cui era stato scritto l'appunto misterioso, di certo, non apparteneva alla nostra razza.
Bruno divenne ossessionato da quel mistero, così trascorse le settimane, i mesi e infine i due anni seguenti a decifrarlo. Finalmente ci riuscì.
'Quando il sigillo verrà spezzato io dispiegherò le ali, calerò sugli empi e sarà compiuta la volontà dell'altissimo Signore onnipotente. Manterrò affilata la mia lancia fino ad allora'.
In fondo alla pagina, a concludere, c'era un simbolo dell'infinito. Il classico otto rovesciato. Il flusso di inchiostro scorreva in modo ipnotico attraverso quel segno.
Bruno non era un tipo particolarmente religioso, ma queste parole lo inquietarono. Immaginò, forse con una dose di ingenuità, che appartenessero a un angelo, in attesa del giorno del giudizio.
Comprese anche che quel simbolo in fondo altro non era che IL SIGILLO DA SPEZZARE PER RISVEGLIARE QUELL'ENTITÀ.
Spaventato, ripose il foglio in un cassetto, al sicuro.

Trascorsero altri anni senza che Bruno toccasse il foglio, per la paura di spezzare inavvertitamente il sigillo. Va detto che l'uomo, durante questo tempo, compì svariate azioni che causarono dolore a chi gli stava intorno. Quando finalmente si convinse a dargli un'altra occhiata, scoprì che il simbolo dell'infinito si era spezzato da solo, spegnendo il flusso di inchiostro e lasciando solo un sottile solco sulla carta. Bruno si sentì improvvisamente osservato. Si girò e vide l'immensità di quell'entità superiore stagliarsi su di lui; quindi cadde a terra, morto. Vorrei potervi descrivere la creatura che lo uccise, ma non esistono parole umane adatte a raccontarne la natura o le sembianze.

TERRORE: 49/100

POTENZA: 99/100

LUOGO DI ORIGINE: ?

IL FANTASMA DELLA BAMBOLA

IDENTIKIT

- **Habitat:** una bambola di ceramica custodita in una vecchia villa abbandonata.
- **Dieta:** un fantasma non ha bisogno di nutrimento, uccide perché spinto dall'odio.
- **Aspetto:** appare come una bambola di ceramica con un bel vestito blu e due grandi occhi spalancati.
- **Comportamento:** conquista la fiducia della vittima per convincerla ad addormentarsi in sua presenza, poi, durante il sonno, tenta di soffocarla con le sue piccole mani dotate di forza sovrumana.
- **Origine:** è possibile che nella bambola fosse contenuto lo spirito dell'anziana donna che abitava in quella casa, morta in circostanze misteriose.

LEGGENDA

«Questa casa apparteneva a due coniugi anziani, è un vero gioiello, certo c'è da fare qualche lavoro ma resta un affare!» disse il manager dell'agenzia immobiliare. Quando la mamma e il papà di Anna andarono a vedere la casa, capirono a che cosa si riferiva l'uomo quando accennava a 'qualche lavoro da fare'. La casa era fatiscente, ma rimaneva pur sempre una bellissima villa, con un grosso terreno intorno. «Va bene, la prendiamo!» disse il papà di Anna dopo qualche settimana di trattative. Il passo successivo era ristrutturare l'abitazione, ma al momento non avevano un posto migliore dove stare, quindi decisero che avrebbero vissuto lì sin da subito, adattandosi all'ambiente fatiscente.

Anna aveva circa quindici anni ed era appassionata di fantasmi. Le piaceva leggere libri sugli spiriti e guardare film. Era una vera esperta. Così quando iniziarono a verificarsi i primi eventi paranormali avvertì subito la famiglia che c'era qualcun altro in quella casa, ma non fu presa sul serio. All'inizio le stranezze si limitavano a qualche oggetto che si spostava da solo, o qualche rumore inquietante durante la notte. POI INIZIÒ A SUCCEDERE QUALCOSA DI AGGHIACCIANTE.

Tutte le notti, alle tre precise, una bambola di ceramica con un bel vestito azzurro, due gote rosse e gli occhi sgranati, appariva seduta nel corridoio principale. Qualche volta Anna avrebbe giurato di averla vista persino camminare. La bambola non era sua, non l'aveva mai vista e di giorno nella villa non ce n'era traccia. I genitori di Anna erano sempre più convinti che la figlia adolescente stesse loro facendo uno scherzo, fissata com'era con i fantasmi. Così la ragazzina fu costretta a prendere le redini della situazione. Una notte decise di raggiungere la bambola e raccoglierla. Quando lo fece, quella non oppose resistenza e si lasciò portare in braccio da Anna fino alla sua stanza. Lei la posò sul letto e rimase ferma a fissarla. La bambola chiuse gli occhi e rimase immobile fino all'alba, poi svanì.

Anna pensò che non si trattasse di uno spettro cattivo, così prese l'abitudine di portare in camera sua la bambola ogni notte. Si abituò così tanto alla presenza di quel vecchio giocattolo che, alla fine, una volta, si addormentò abbracciandola.

Per fortuna Anna aveva il sonno leggero, perché le permise di svegliarsi quando la bambola, con insospettabile violenza, le saltò al collo cercando di strangolarla con una forza incredibile per le dimensioni che aveva. Riuscì a strapparsela dal collo con fatica, tanto che le rimasero profondi graffi su entrambi i lati della gola. La giovane, infuriata, portò la bambola in salotto e la gettò nella stufa ancora accesa, chiudendo poi lo sportello. Un urlo acuto e stridente si sollevò dalle fiamme, poi più niente. Forse il fantasma non aspettava altro, in fondo, che qualcuno lo liberasse.

TERRORE:
95/100

POTENZA:
86/100

LUOGO DI ORIGINE:

il Taccuino DEI MOSTRI

LE AVVENTURE DI LYON IN LIBRERIA

LE STORIE DA BRIVIDO

Il laboratorio di Lyon e dei suoi amici è in allerta. I mostri più spietati di sempre sono tornati a piede libero, pronti a uccidere gli sventurati che incontreranno lungo il cammino. Niente e nessuno sembra poterli fermare... niente e nessuno a parte Lyon. Portare a termine la missione questa volta non sarà per niente facile. Le creature che i nostri eroi dovranno fronteggiare non hanno alcuna intenzione di arrendersi e finire i loro giorni in una cella. Lyon e i suoi dovranno esplorare sotterranei bui e inospitali dove si annidano implacabili killer, pattugliare fognature in cui sono in agguato sinistri pagliacci, avventurarsi nei luoghi più spaventosi stando sempre bene attenti a guardarsi le spalle. Fra pupazzoni con il pelo bruciato dall'acido e alligatori in decomposizione, Lyon dovrà destreggiarsi in una nuova incredibile avventura grazie al suo coraggio e all'impareggiabile abilità deduttiva. Insieme a lui ci saranno come al solito Anna e Cico, i suoi insostituibili alleati. Riusciranno a sopravvivere anche questa volta?

DIARIO DELLA FINE DEL MONDO

La Terra è stata sconvolta da una misteriosa epidemia zombie. I pochi superstiti vivono ormai nascosti, minacciati da orde di non morti assetati di sangue e carne umana. Dopo aver lottato per sopravvivere tra le macerie del vecchio mondo, Lyon riesce finalmente a riunirsi ad Anna e Cico, gli amici che credeva di aver perso per sempre. I tre si ritrovano nell'accampamento del Generale, uno dei pochi insediamenti che ancora resiste agli assalti dei banditi e degli infetti. Sotto la tirannia del militare, il gruppo è costretto ad affrontare missioni sempre più impossibili, mentre il destino di Anna è in bilico. Uno zombie l'ha infettata, contagiandola con il virus, e le sue possibilità di salvezza si assottigliano di minuto in minuto. Non c'è altro tempo da perdere, perciò Lyon e i suoi fanno in fretta i bagagli e si preparano a partire alla volta del nord, verso un laboratorio che potrebbe aver sviluppato una cura. Lungo il cammino li aspettano vecchi amici e nuovi nemici, mentre la minaccia del Generale continua a incombere e i suoi piani spietati si delineano con sempre più agghiacciante chiarezza. Basterà il coraggio di Lyon e dei suoi amici per salvare il mondo dalla distruzione?

LE STORIE DEL QUARTIERE

Lyon e i suoi amici hanno perso tutti i soldi che avevano guadagnato per colpa di un investimento molto azzardato! Ecco perché ora sono costretti a dormire in un sacco a pelo nel bel mezzo della foresta, in attesa di farsi venire una delle loro idee. Qual è il modo migliore per tirare su un bel gruzzoletto? Meglio organizzare una battaglia di yo-yo oppure una gara di barzellette? Sono tutte ottime trovate, ma potrebbero non bastare. Stavolta, infatti, ai ragazzi serviranno un piano geniale e una dose extra di coraggio, perché un misterioso sconosciuto li ha presi di mira. Si fa chiamare il Killer e non ha per niente buone intenzioni. Chi si nasconde dietro la maschera? E perché ce l'ha tanto con loro? Per fortuna in questa avventura Lyon, Anna e gli altri non sono soli: ad accompagnarli c'è Nonno Tombaldo, un vecchietto un po' svitato con un'insana passione per i fagioli magici. Dopo averci conquistato con *Le storie del mistero*, Lyon ci riaccompagna nel suo mondo, fatto di personaggi bizzarri, sfide accanite e segreti da svelare.

LE STORIE DEL MISTERO

Benvenuti tra le pagine delle storie del mistero! Una oscura organizzazione sta architettando qualcosa all'interno dei suoi laboratori. Toccherà a Lyon, alla cara Anna e a Cico scoprire cosa. Quali sono i risultati di alcuni tra i più temibili esperimenti della storia dell'umanità? Chi è prigioniero nelle celle dei sotterranei? Quali maledizioni pendono sulle loro e sulle nostre teste? Ma soprattutto: cosa bolle ancora in pentola? Chi è il vero nemico? Le risposte sono in queste pagine... Forse! Dopo aver narrato e intrattenuto milioni di ragazzi attraverso i suoi gameplay, Lyon ci accompagna in un universo di stanze segrete e luoghi pericolosi, abitati da creature incredibili, scienziati e mostri maligni, alla scoperta dei segreti più spaventosi.

Finito di stampare
nel mese di novembre 2022
per conto della Adriano Salani Editore s.u.r.l.
da Grafiche Stella, San Pietro di Legnago (VR)
Printed in Italy